KB080763

헤르만 헤세의
나무들

헤르만 헤세의 나무들

Bäume

헤르만 헤세

Hermann Hesse

폴커 미헬스 엮음

안인희 옮김

창비

차례

일러두기

1. 이 책은 Hermann Hesse, *Bäume*(Insel Verlag, 2014)를 번역저본으로 삼았다.
2. 본문의 엮은이 설명은 각주 *모양으로 표기하였다.
3. 본문의 옮긴이 설명은 각주 •모양으로 표기하였다.
4. 외국어는 되도록 현지 발음에 가깝게 표기하되, 우리말 표기가 굳어진 것은 관용을 따랐다.

나무들

Bäume

나무는 언제나 내 마음을 파고드는 최고의 설교자다. 나무들이 크고 작은 숲에서 종족이나 가족을 이루어 사는 것을 보면 나는 경배심이 든다. 그들이 홀로 서 있으면 더 큰 경배심이 생긴다. 그들은 고독한 사람들 같다. 어떤 약점 때문에 슬그머니 도망친 은둔자가 아니라 베토벤이나 니체처럼 스스로를 고립시킨 위대한 사람들처럼 느껴진다. 이들의 우듬지에서는 세계가 속삭이고 뿌리는 무한성에 들어가 있다. 다만 그들은 거기 빠져들어 자신을 잃지 않고 있는 힘을 다해 오로지 한가지만을 추구한다. 자기 안에 깃든 본연의 법칙을 실현하는 일, 즉 자신의 형태를 만들어내는 것, 자신을 표현하는 일에만 힘쓴다. 강하고 아

름다운 나무보다 더 거룩하고 모범이 되는 것은 없다.

나무 한그루가 베어지고 벌거벗은 죽음의 상처가 햇빛 속에 드러나면, 묘비가 되어버린 그루터기에서 나무의 역사 전체를 읽을 수 있다. 나이테와 아문 상처에는 모든 싸움, 고통, 질병, 행운, 번영 등이 고스란히 적혀 있다. 근근이 넘어간 해와 넉넉한 해, 견뎌낸 공격, 이겨낸 폭풍우 들이 쓰여 있다. 가장 단단하고 고귀한 목재는 좁다란 나이테를 가진 나무라는 사실을, 가장 파괴할 수 없고 가장 강하며 모범적인 나무의 몸통은 산 위 높은 곳, 늘 위험이 계속되는 곳에서 자라는 나무라는 사실을 농부네 소년도 안다. 나무는 모두 성소聖所이다. 그들과 더불어 이야기하고 그들의 말에 귀를 기울일 줄 아는 사람은 진실을 알게 된다. 그들은 학설이나 특별한 비법을 설교하지 않고 개별적인 것에는 무심한 채 삶의 근원 법칙을 이야기한다.

한그루 나무는 말한다. 내 안에는 핵심이 있어 불꽃이, 생각이 감추어져 있지. 나는 영원한 생명의 생명이다. 영원한 어머니가 나를 잡고 감행한 시도인 던지기는 유일무이한 것이다. 내 피부의 맥脈과 형태, 우듬지의 가장 작은 잎사귀놀이, 그리고 껍질의 가장 자그마한 흉터도 단 하나뿐이다. 인상적인 유일무이함으로 영원성을 드러내고 보여주는 것이 나의 직분이다.

한그루 나무는 말한다. 나의 힘은 믿음이다. 나는 조상들에 대해 아무것도 모르고 해마다 내게서 생겨나는 수천의 자식들에 관해서도 전혀 모른다. 나는 씨앗의 비밀을 끝까지 살아낼 뿐 다른 것은 내 걱정이 아니다. 나는 신이 내 안에 깃들어 있음을 믿는다. 내 의무가 거룩한 것임을 믿는다. 나는 이런 믿음으로 산다.

우리가 슬픔 속에 삶을 더는 잘 견딜 수 없을 때 한그루 나무는 우리에게 말을 건넨다. 조용히 해봐! 조용히 하렴! 나를 봐봐! 삶은 쉽지 않단다. 하지만 어렵지도 않아. 그런 건 다 애들 생각이야. 네 안에 깃든 신神이 말하게 해봐. 그럼 그런 애들 같은 생각은 침묵할 거야. 넌 너의 길이 어머니와 고향에서 너를 멀리 데려간다고 두려워하지. 하지만 모든 발걸음 모든 하루가 너를 어머니에게 도로 데려간단다. 고향은 이곳이나 저곳이 아니야. 고향은 어떤 곳도 아닌 네 안에 깃들어 있어.

저녁 무렵 바람에 솨솨 소리를 내는 나무들의 말을 듣고 있으면 방랑벽이 마음을 휩쓴다. 고요히 오래 귀를 기울여 들어보면 방랑벽도 그 핵심과 의미를 드러낸다. 그것은 언뜻 생각나는 것처럼 고통을 피해 멀리 도망치려는 것이 아니다. 그것은 고향과 어머니에 대한 기억들, 그리고 삶의 새로운 비유들을 향한 동경이다. 그것은 집으로 데려간다. 모든 길은 집으로 데려가는 길, 모든 발걸음은 탄생이고 죽음이며 모든 무덤은 어머니다.

우리가 자신의 철없는 생각을 두려워하는 저녁때면 나무는 속삭인다. 나무는 우리보다 오랜 삶을 지녔기에 긴 호흡으로 평온하게 긴 생각을 한다. 우리가 그들의 말에 귀를 기울이지 않는 동안에도 나무는 우리보다 더 지혜롭다. 하지만 우리가 나무의 말을 듣는 법을 배우고 나면, 우리 사유의 짧음과 빠름과 아이 같은 서두름은 비할 바 없는 기쁨이 된다. 나무의 말에 귀를 기울이는 법을 배운 사람은 더는 나무가 되기를 갈망하지 않는다. 그는 자기 자신 말고 다른 무엇이 되기를 갈망하지 않는다. 그것이 바로 고향이다. 그것이 행복이다.

내 마음 너희에게 인사하네

Euch grüßt mein Herz

내 마음 너희에게 인사하네, 너희 믿음직한 나무들아,
너희는 여전히 높고 강하네,
그 옛날 내가 사랑에 빠져 최초의 꿈들을
너희 밤에 감추었을 때처럼.

너희 살랑거림에서 소년 시절
내가 부르던 노래들 속삭이듯 들리네,
즐겁게 달빛에 가까워졌다가
밝은 낮이면 수줍어 두려워하던 노래들.

너희에게도 인사한다, 너희 수줍은 노래들아,
너희는 더 좋던 시절을 기억나게 하네,
행복에 겨워 장미와 라일락으로
연인을 위한 최초의 꽃다발 엮던 그 시절.

너희는 그리도 달콤하게 울리고 독특하게 유혹하지,
잠 깬 나뭇가지들 위로 최초의 종달새들이
기뻐하며 날아갈 때의
여린 봄날 연초록처럼.

그 시절 이후 내가 노래한 것은
그렇게 달콤하고 그다지 독특하지 못했어,
그건 모두 첫사랑의 울림과 빛을
아프게 따라 한 메아리였을 뿐이네.

수난 금요일•

Karfreitag

구름 짙게 덮인 날, 숲에는 눈이 남아 있고,
앙상한 목재 속에서 지빠귀 노랫소리:
봄의 숨결 파르르 떠네,
쾌감에 부푼, 통증으로 괴로운.

크로커스 종족과 제비꽃 둥지
풀밭에 말없이 조그맣게 서 있네,
수줍은 향내, 무언지 모르는,
죽음의 향내와 축제의 향내.

봉오리들은 눈물에 젖어 눈멀어 서 있고
하늘은 두렵게도 가까이 걸려 있어,

• 부활절 전 금요일, 예수님이 십자가에 못 박힌 날.

모든 정원들, 모든 언덕들은

겟세마네 동산이자 골고다 언덕.

잎 빨간 너도밤나무

Die alte Blutbuche

그곳은 아주 넓진 않아도 깊이 자리 잡은 중간 크기의 공원이었는데 느릅나무, 단풍나무, 플라타너스 나무 들과 꼬불꼬불한 산책로들, 그리고 빽빽하게 우거진 아직 어린 전나무숲이 있고 여기저기 벤치들도 많았다. 그 사이로 훤히 트여 볕이 잘 드는 풀밭이 그중 일부는 비어 있고 다른 일부는 둥근 꽃밭이나 관목으로 장식되어 있었다. 그리고 이 따사롭고 밝은 풀밭의 빈 곳에는 커다란 나무 두 그루가 눈에 잘 띄게 제각기 떨어져 서 있었다.

하나는 수양버들. 그 나무 밑동을 뱅 둘러 좁은 목재 벤치가 줄지어 놓였다. 비단결처럼 부드러운 길고 고단한 버들가지들이 사방으로 빽빽하게 깊이 드리워진 그 안은

텐트 속이나 사원처럼 영원한 그늘과 어두컴컴함에도 언제나 약한 온기가 서려 있었다.

수양버들과의 사이에 낮은 울타리를 두른 풀밭을 두고 떨어져서 서 있는 또다른 나무는 울창한 잎 빨간 너도밤나무였다. 멀리서 보면 나무는 진갈색이나 거의 검은색으로 보였다. 하지만 가까이 다가가거나 나무 아래에서 올려다보면, 바깥쪽 가지에 달린 잎사귀들이 모두 햇볕을 받아 따스한 연자주색 불꽃으로 변해서 교회 창문처럼 장엄하게 절제된 광채를 발했다. 이 늙은 잎 빨간 너도밤나무는 큰 정원에서도 가장 이름을 알렸으며 특별한 아름다움으로 사방 어디에서나 볼 수 있었다. 나무는 밝은 풀밭 한가운데에 어두운 모습으로 홀로 서 있었는데, 충분히 키가 커서 공원에서도 그쪽을 바라보면 아름다운 아치를 이룬 견고한 둥근 우듬지가 푸른색 하늘에 솟아 있는 게 보였다. 하늘의 푸르름이 밝고 빛날수록 나무 우듬지는 더욱 검고 장엄한 모습이 되었다. 우듬지는 날씨나 하루의 시간대에 따라 전혀 다르게 보일 수 있었다. 나무는 자신이 얼마나 아름다운지를 잘 알아서 다른 나무들로부터 괜히 멀리 떨어져 홀로 당당하게 서 있는 게 아니라고 말하는 듯 보였다. 그러고는 다른 모든 것 너머로 서늘하게 하늘을 바라보았다. 나무는 자신이 이 정원에서 자기 종種 중에 유일한 나무이며 형제가 없다는 것을 잘 아는 듯했다. 그러다가는 멀리 떨어진 나머지 나무들을 바라보며 그들을 그리워했다. 이 나무는 아침에 가장 아름다웠고, 저녁때면 태양이 붉은색이 될 때까지도 아름다웠다. 해가 지고 나면 갑자기 빛이 꺼지면서 다른 모든 곳보다 한시간이나 더 일찍 이곳에 밤이 온 것 같았다. 하지만 비가 내리는 날이면 이 나무는 아주 독특하게 울적한 모습이 되었다. 다른 나무들은 숨을 쉬고 기지개를 켜면서 더 밝은 초록색을 띠고 기뻐하며 피어나는데, 이 나무만 죽은 듯 고독에 잠겨 우듬지부터 땅바닥까지 검게 보였다. 나무는 떨지도 않았건만 얼어 있었고, 불쾌함과 부끄러움으로 고독해져 체념한 듯 보였다.

예전에 주기적으로 손질을 받던 공원은 엄격한 인공작품이었다. 그러다가 애써 기다리고 가꾸고 가지치기하는 걸 사람들이 싫어하고 힘들게 가꾼 시설들을 아무도 바라

지 않는 시대가 왔을 때, 나무들은 스스로에게 맡겨졌다. 나무들은 우정을 맺었고, 예전의 인공적으로 고립된 역할을 잊었으며, 고향 숲의 곤궁을 기억해내서 서로 의지하면서 팔로 감싸고 받쳐주었다. 나무들은 두툼한 나뭇잎으로 반듯한 길을 뒤덮고, 이리저리 뻗은 뿌리들은 서로 끌어당기고 우듬지들은 함께 뒤엉켜 붙어서 자랐다. 자신들의 보호 속에서 열성적인 나무 종족이 자라는 것을 보았으며, 이 새로운 나무 종족은 더 매끈한 몸통과 밝은 잎의 색깔로 빈자리들을 채우고, 놀고 있는 바닥으로 뻗어나가 그림자와 낙엽으로 땅을 검고 부드럽고 기름지게 만들었기에, 이제는 이끼와 풀, 작은 관목도 쉽게 번성하게 됐다.

사람들이 예전처럼 다시 찾아와 휴식과 오락을 위해 정원을 사용하려고 했을 때 이곳은 작은 숲이 되어 있었다. 인간은 분수를 지켜야 했다. 두줄로 늘어선 플라타너스 나무들 사이로 옛길은 복구됐지만, 그외에는 빽빽이 우거진 풀과 나무 사이로 구불구불한 좁은 보행로를 내고, 황무지 같은 공터에 잔디 씨앗을 뿌리고, 좋은 장소에 초록색 벤치들을 늘어놓는 것으로 만족해야 했다. 할아버지의 시대에는 플라타너스 나무들을 반듯하게 심고 가지치기를 해서 마음에 들게 배치하고 형태를 가꿨지만, 그 손자들은 아이들을 데리고 손님이 되어 플라타너스를 방문했다. 플라타너스 가로수 길은 오래 버려두었더니 숲이 되어 태양과 바람이 머물고 새들은 노래하며, 사람들은 저마다의 생각과 꿈과 욕망에 몰두하게 된 것을 기뻐하였다.

동작과 정지의 일치

Einklang von Bewegung und Ruhe

며칠간의 봄비와 뇌우가 오기 전, 아직은 가문 봄날이면 나는 종종 내 포도원의 한 장소에 머물곤 했다. 나는 파헤치기 전 정원의 한조각 땅뙈기에 바로 이 시기를 위해 불을 피울 자리 하나를 마련해두곤 한다. 정원을 막음하는 그곳 산사나무 관목들 사이에서 몇년 전부터 너도밤나무 한그루가 자라고 있었다. 산사나무가 안쓰러웠지만 숲에서 날아온 씨앗에서 자라난 그 관목을 나는 여러해 동안이나 좀 못마땅해하면서 그것이 그냥 잠시 거기 머문다는 생각으로 내버려두었다. 하지만 작고 끈질긴 겨울너도밤나무가 잘도 자라기에 나는 마침내 이 나무를 받아들였다. 그리고 그것은 이제 제법 굵은 어린 나무가 됐다. 이

웃한 숲 전체에서도 내가 좋아하던 늙고 거대한 너도밤나무가 얼마 전에 쓰러졌고, 톱질된 몸통의 부분들이 기둥 토막처럼 저편에 묵직하고 강력하게 놓여 있으니, 지금은 이 어린 나무가 두배나 더 사랑스럽다. 이 작은 나무는 저 너도밤나무의 자손일 테니 말이다.

나의 어린 너도밤나무가 얼마나 끈질기게 잎사귀를 붙잡고 있는지 그 모습은 늘 기쁨과 감명을 안겨주었다. 모든 나무가 잎사귀를 떨구고 앙상해진 지 오래인데 너도밤나무는 12월, 1월, 2월 내내 여전히 시든 잎사귀 옷을 입고 서 있다. 폭풍이 나무를 흔들고 눈이 그 위로 내렸다가 다시 녹아 흘러내려도, 마른 잎사귀들이 처음에는 진갈색이다가 차츰 밝은색이 되어도, 또 점점 얇아지고 매끄럽게 되어도 나무는 잎사귀들을 떨구지 않는다. 잎사귀는 어린 잎눈들을 보호해야 한다. 그러다 봄날 언젠가, 매번 예상보다도 더 늦게 나무는 갑자기 변해 있곤 했다. 낡은 잎을 잃어버리고 대신 촉촉하게 싹이 나온 연한 새 잎눈들로 덮여 있는 것이다.

이번에 나는 이런 변신을 목격했다. 4월 중순 비가 풍경을 싱그러운 초록으로 바꾸고 얼마 지나지 않은 어느 오후, 아직 첫 뻐꾸기 소리도 못 듣고 풀밭에서 수선화도 못 봤을 때였다. 며칠 전 강한 북풍이 불 때 나는 여기서 옷깃을 높이 세운 채 추위에 떨며, 휩쓸어가는 바람 속에도 어린 너도밤나무가 무심히 서서 나뭇잎 한장 떨어뜨리지 않는 것을 경탄을 품고 바라봤다. 나무는 끈질기고도 용감하게, 단호하고 고집스럽게 빛바랜 낡은 잎사귀들을 붙잡고 있었다.

그런데 바람도 없이 온화하고 따스한 날씨인 오늘, 불을 쬐며 장작을 쪼개다가 나는 그 일이 일어나는 것을 보았다. 거의 숨결처럼 부드럽고 온화한 한줄기 바람이 일어났을 뿐인데 그토록 오래 아껴두었던 수많은 잎들이 떨어져 내렸다. 오래 견디느라 지쳐서, 반항과 자신들의 용기에 지쳐서 소리 없이 가볍게 스스로 떨어졌다. 대여섯달이나 꼭 붙잡고서 저항했는데 이제 시간이 되어 쓰라린 인고가 더는 필요 없게 되자 불과 몇분 만에 아무것도 아닌 한줄기 숨결에 무너진 것이다. 나뭇잎은 바람에 펄럭이며 성숙하게 미소 짓고는 싸움조차 없이 떨어져 흩날

렸다. 숨결 같은 바람은 너무나 약해서 그토록 가볍고 얇아진 작은 나뭇잎들을 멀리 밀어 보내지도 못했다. 보슬비처럼 그들을 살그머니 아래로 떨어뜨려서, 잎눈들 몇이 벌써 열려 초록이 되고 있는 작은 나무 아래의 길과 풀을 덮었다. 이 놀랍고도 감동적인 광경에서 내게 무언가 계시가 나타났던가? 그것은 자발적으로 쉽게 이루어진 겨울 잎의 죽음이었던가? 그것은 생명이었나? 갑작스럽게 깨어난 의지로 공간을 차지한 잎눈들이 밀쳐내며 환호하는 젊음이었나? 그것은 슬픈 일이었나? 마음을 밝게 하는 일이었나? 이제 늙은 나도 펄럭이며 떨어져 내리라는 경고였던가? 내가 어쩌면 젊은이들과 더욱 강한 이들의 공간을 빼앗고 있다는 경고였나? 아니면 너도밤나무의 잎처럼 나도 가능한 한 끈질기게 오래 두 발로 꼿꼿이 버티고 서서 저항하라는 요구였던가? 그래야만 올바른 순간에 이별이 쉽고도 명랑하게 나타날 테니까? 아니다. 그것은 모든 바라봄이 그렇듯 위대하고 영원한 것이 눈에 보인 일, 모순들의 붕괴, 즉 모순들이 현실이라는 불꽃에 녹아 없어짐이 눈에 보인 일이었다. 그것은 아무 의미도 없었고 그 어떤 경고도 아니었다. 또는 모든 것을 의미했다. 존재의 비밀을 뜻했다. 그것은 아름다웠고 행운이었으며 의미였다. 바흐의 음악으로 가득 채워진 귀, 세잔의 그림이 가득 담긴 눈길처럼 바라보는 자에게 주어진 선물이자 발견이었다. 이런 이름이나 해석은 체험이 아니었고 그런 의미들은 나중에야 나타났다. 체험 자체는 그저 현상, 기적, 비밀로서, 아름답고도 진지했으며 사랑스럽고도 가차 없는 일이었다.

같은 장소, 그러니까 산사나무 관목 옆의 너도밤나무 가까운 곳에서 못지않게 비유적인 일 하나를 목격했을 때 위대한 비밀이 내게 나타났다. 그사이 세상은 촉촉한 녹색으로 변하고 부활절 주일에 우리 숲에서 뻐꾹새가 처음으로 노래를 한 뒤, 계절이 봄에서 여름으로 넘어갈 준비를 하던 어느 변화무쌍하고 바람이 심한, 축축한 뇌우가 닥쳐온 날이었다. 하늘이 무거운 구름으로 뒤덮였는데도 날카로운 태양의 빛줄기가 거듭 골짜기의 싹트는 녹색 안으로 쏟아지곤 했는데, 바람은 사방에서 동시에 부는 것 같았지만 그래도 남북 방향이 가장 거셌다. 불안과 정열이 대기를 강한 긴장감으로 가득 채웠다. 내가 이런 장관 한가운데에 서 있는데, 이웃 정원의 새로 돋아난 잎사귀가 달린 아름다운 어린 포플러나무 한그루가 다시 눈에 들어왔다. 잠깐 바람이 멈춘 사이에 이 나무는 로켓처럼 솟구쳐 일어나 바람에 흔들리며 유연하게 우듬지를 뾰쪽하게 만들더니, 사이프러스 모양으로 팽팽히 닫히면서 바람이 점점 심해지는데도 사방으로 뻗은 가는 가지들을 가볍게 빗질한 것처럼 한데 모았다. 부드럽게 빛나는 속삭이는 잎사귀를 지닌 기백 있는 이 나무의 우듬지는 바람에 이리저리 흔들리며 꿋꿋이 서서 자신의 힘과 초록색 청춘을 기뻐하면서 수평저울의 작은 지침처럼 바르르 떨고, 장난질하듯 바람에 밀려 구부러졌다가는 도로 튕겨 제자리로 돌아오곤 했다. (나는 나중에야 이미 수십년 전에 복숭아나무 가지에서도 이런 현상을 똑똑히 목격하고 「꽃피어난 나뭇가지」Der Blütenzweig라는 시에서 묘사했다는 사실이 떠올랐다.)

꽃피어난 나뭇가지

Der Blütenzweig

꽃피어난 나뭇가지, 바람에
이리저리 언제나 애쓴다.
밝은 날과 어두운 날 사이에서
의지와 체념 사이에서
내 마음 아이처럼
위로 아래로 언제나 애쓴다.

꽃들이 바람에 흩어지고
나뭇가지에 열매들 매달리기까지,
어린 시절에 지친 마음이
저의 평온을 얻고서
고백하기까지: 쉬지 않고 흔들리는 삶의 놀이는
즐거움에 넘쳐, 헛된 일이 아니었어.

새 탄생의 기적

Wunder der Neugeburt

멀리 있는 갈색 숲이 며칠 전부터 어린 초록의 명랑한 빛을 띠고 있다. 오늘은 오솔길에서 반쯤 피어난 앵초꽃을 처음으로 보았다. 습기를 머금은 맑은 하늘에선 보드라운 4월의 구름들이 꿈을 꾸고, 쟁기로 파헤치지 않은 너른 경작지들은 빛나는 갈색으로 온화한 대기를 향해 갈망하듯 팔을 활짝 펼친다. 마치 경작지들이 수태하고 키우려는 갈망, 수많은 초록색 싹과 위로 올라오는 풀줄기들에서 자신의 말없는 힘을 시험하고 느끼고 선물하려는 갈망을 지닌 것 같다. 모두가 기다리고 준비하고 있으며 연약하게 밀려오는 섬세한 형성形成의 열기 속에서 꿈꾸고 솟구친다. 싹은 태양을 향해, 구름은 경작지를 향해, 어린

풀은 대기를 향해서. 해마다 이맘때면 나는 초조함과 갈망을 품고 숨어서 엿본다. 특별한 한 순간이 내게 새 탄생의 기적을 열어 보일 것이라는 듯이, 내가 한시간 동안 생명이 웃으며 땅에서 솟아올라 어리고 위대한 싹들을 빛을 향해 밀어 올리는, 그 힘과 아름다움의 계시를 온전히 보고, 파악하고, 함께 경험하는 일이 일어날 거라는 듯이 말이다. 이런 기적은 해마다 큰 소리로 향내를 풍기며 내 곁을 지나갔다. 내가 사랑과 경배를 보내지만—이해는 못한 채로 말이다. 기적은 나타나지만 나는 그것이 오는 것을 보지 못했고 싹의 껍질이 터지는 것을, 최초의 섬세한 샘물이 빛 속에서 떠는 것을 보지 못했다. 사방에는 순식간에 꽃들이 서 있고, 나무들은 여린 잎이나 보송보송한 흰 꽃을 매단 채 광채를 내고, 새들은 따스한 푸른 하늘을 통해 아름다운 아치 모양으로 날아가며 환호성을 던졌다. 나는 보지 못했지만 기적은 이뤄졌다. 숲은 볼록해지고 먼 봉우리는 외쳐 부르니, 이제 장화를 신고 가방을 들고, 낚싯대와 노를 갖추고서 온갖 감각으로 새로운 해를 기뻐할 시간이 된 것이다. 해마다 전보다 더 아름다워지고 매번 더 서둘러서 지나가버리는 것 같은 새로운 해. 내가 소년이던 옛 시절에 봄은 얼마나 길었던가, 정말이지 얼마나 끝없이 길었던가!

시간이 그런 것을 허용하고, 기분이 좋을 때면 나는 습기를 머금은 풀밭에 오래 누워 있거나, 아니면 가장 가까운 곳에 있는 튼튼한 나무줄기를 기어올라 나뭇가지에 누워 몸을 흔들면서 봉오리의 향내와 새로 나온 수지 냄새를 맡는다. 그리고 나뭇가지들의 그물망과 초록색과 하늘색이 저 위에서 뒤엉킨 것을 바라보며 조용한 손님이 되어 소년 시절이라는 행복한 정원으로 꿈꾸듯 들어간다. 다시 한번 그리로 날아가 청춘의 맑은 아침 공기로 숨 쉬고 한번 더, 잠시만이라도 세상을 그렇게 바라보는 것은 아주 드물게 이루어지는 멋진 일이다. 그러니까 우리가 어린 시절에 봤던 것처럼 세상이 갓 신의 손에서 나온 것처럼 바라보는 것 말이다. 그 시절에는 우리 안에서도 힘과 아름다움의 기적이 펼쳐지고 있었으니까.

그때는 나무들이 그토록 즐겁고 대담하게 공중으로 자라나고 정원에서는 빛나는 아름다움으로 수선화와 히아

신스가 피어났다. 그리고 잘 모르는 사람들도 우리에게 상냥하고 친절하게 인사를 했다. 그때 우리는 몰랐지만 급격한 성장 속에서 원치도 않고 알지도 못하던 사이에 우리에게서 사라져버린 신의 숨결을 그들이 우리의 매끈한 이마에서 느꼈기 때문이다. 나는 얼마나 거칠고 통제하기 힘든 사내아이였던가. 아버지는 어릴 때부터 나 때문에 얼마나 근심했으며, 어머니는 얼마나 많은 두려움을 느끼고 한숨을 내쉬었던가! 그런데도 내 이마에는 신의 광채가 있었고, 내가 본 것은 아름답고도 생생했으며, 내 생각과 꿈속에는 비록 경건한 종류의 것은 아니더라도 천사와 기적과 동화가 자매처럼 나란히 찾아오곤 했다.

봄밤

Frühlingsnacht

바람은 밤나무에서
잠에 취해 깃털을 펼치고,
뾰쪽한 지붕들에선
어스름과 달빛 흘러 떨어진다.

모든 샘물은 서늘하게 혼잣말로
뒤엉킨 이야기 졸졸거리고,
열시 종소리 열을 지어
장엄하게 울릴 채비를 한다.

정원에선 엿보는 이도 없이
달빛받은 나무들이 졸고,
둥근 우듬지들을 통해
아름다운 꿈의 숨소리 깊이 속삭인다.

나는 연주로 따스해진 바이올린을
망설이며 손에서 내려놓고,
멀리 푸르른 땅을 놀라 바라보며
꿈꾸고 그리워하고 침묵한다.

밤나무

Kastanienbäume

우리가 한동안 머문 장소는 작별한 뒤 시간이 한참 지나서야 기억에서 하나의 형태를 얻고 변하지 않는 모습이 된다. 그 자리에 있으며 모든 것을 눈앞에서 보는 동안에는 우연한 것이나 본질적인 것이 거의 똑같이 중요하게 여겨지지만 부수적인 것은 훗날 사라져버린다. 우리 기억은 간직할 가치가 있는 것만을 간직한다. 그렇지 않다면 불안과 어지럼증으로 우리 삶의 단 한해인들 조망할 수 있겠는가!

한 장소가 우리에게 남겨준 이미지에는 물과 암벽, 지붕과 광장 등 많은 것이 들어간다. 내 경우엔 나무들이 가장 많이 담긴다. 나무들은 그 자체로 아름답고 사랑스러울 뿐 아니라 건축물로 자신을 표현하는 인간에 맞서 자연의 무구함을 내세운다. 그것 말고도 우리는 나무들에게서 많은 것을 알아낼 수 있다. 토양의 종류와 나이, 기후와 날씨, 사람들의 감각 등을 말이다. 지금 내가 머무는 마을이 훗날 기억에서 어떤 모습이 될지 지금은 알 수 없지만 포플러나무가 없는 모습은 상상조차 할 수 없다. 올리브나무 없는 가르다 호수나 사이프러스 나무 없는 토스카나를 상상할 수 없는 것과 같다. 다른 곳들은 보리수나무나 호두나무 없이는 생각할 수 없고, 두세군데는 나무가 전혀 없다는 것이 특징으로 남아 있다.

우세한 나무 종류가 없는 도시나 풍경은 내게는 완전한 이미지가 되지 못하고 언제나 특성 없는 것으로 감정에 남는다. 나는 그런 도시 하나를 알고 있는데, 소년 시절 이 년 동안 그곳에서 살았다. 그토록 많은 추억에도 그 도시의 이미지는 기차정거장처럼 낯설고 무심하게 남아 있다.

진짜 밤나무 도시는 오랫동안 보지 못했다. 이웃 마을에서 아름다운 마로니에 나무가 여기저기 외따로 서 있는 것을 볼 때마다, 또는 유감스럽게도 여러 마을에서 가련한

작은 원예용 밤나무를 볼 때마다 이런 생각이 떠오른다. 밤나무가 어떤 모습이 될 수 있는지 저 사람들이 알기만 한다면! 밤나무가 얼마나 강력한 모습으로 서서 풍성하게 꽃을 피우는지, 또 얼마나 깊은 소리로 속살거리며 푸근하고 완전한 그늘을 던지는지, 여름철이면 얼마나 커다란

풍성함으로 부풀어 오르고 가을철이면 황금갈색 낙엽으로 얼마나 두툼하고 보드랍게 바닥을 덮는지를 말이다!

오늘은 아름다운 밤나무들이 있는 슈바벤의 작은 도시를 생각한다. 도시 한가운데에는 막강한 건축물인 너른 성곽을 지닌 오래된 성이 있다. 거대한 성곽 주변에는 이미 오래전에 말라버린 놀랄 만큼 넓은 해자가 둘러싸고 있으며 위풍당당한 도로 하나가 반지처럼 해자를 둘러싸고 있다. 도로 이편엔 온통 오래된 낮은 집과 작은 정원 들뿐이지만 툭 트인 저편에는 커다란 밤나무들의 풍성한 화환이 있다.

한쪽 면에는 가게와 주막집 간판 들이 걸려 있었는데, 여기서 소목장이들은 망치질을 하고, 함석장이들은 큰 소리를 내며 함석을 던지고, 구두장이들의 동굴 같은 작업장들은 어두컴컴하고, 저쪽에선 가죽을 무두질하는 작업장들이 기묘한 악취를 풍긴다. 하지만 너른 도로의 저편에는 정적과 그림자, 나뭇잎 내음과 초록빛깔들의 놀이, 꿀벌들의 노래와 나비들의 비행이 있다. 망치를 두들겨대는 수공업자들에게는 창문 저편에 그렇게 영원한 휴일과 신의 평화가 놓여 있으니, 그들은 그쪽으로 거듭 그리움의 눈길을 던지다가 따뜻한 여름날 저녁이면 제때는 아니어도 한숨 없이 그곳을 찾아갈 수 있다.

예전에 나는 이 작은 도시에서 여드레를 묵은 적이 있다. 원래 이곳에 볼일이 있어 묵으면서도 나는 너그러운 고객인 양 상인들과 수공업자들의 창문을 들여다보고, 또 저편 삶의 축제일 쪽에서 자주 천천히 기품 있게 산책을 하곤 했다. 하지만 가장 좋은 것은 내가 해자 곁의 숙소에 머문다는 사실이었다. 음식점 겸 여관인 '금발 독수리' 주막의 내가 묵는 방 창문 앞으로 저녁에 밤새도록 붉은색과 흰색 꽃들이 피어 있는 수많은 밤나무들이 보였기 때문이다. 그렇지만 아무런 대가도 없이 눈이 이런 호사를 누릴 수는 없었다. 겉으로는 말라 보이는, 성 외곽 해자의 이끼로 덮인 초록색 바닥에는 아직 습기가 남아 있어서 매일 수많은 모기들이 생겨났기 때문이다. 하지만 여행 중인 젊은이는 어차피 더운 여름밤에 잠을 많이 자지 않는데다가 모기들이 너무 심하게 덤비면 몸에 식초를 문지르고 불을 켜지 않은 채로 시가를 물고 창가에 앉아 있곤 했다.

얼마나 경이로운 저녁과 밤이었던가! 여름 향기와 가볍고 따스한 거리의 먼지, 윙 — 하는 모기떼 소리, 전류를 띤 섬세한 후덥지근함이 공중에 퍼져서 은밀한 경련을 만들어냈다.

그 여러해가 지난 지금, 밤나무 해자 곁에서 보낸 이 더운 저녁들이 마치 삶 속의 섬처럼, 동화처럼, 잃어버린 청춘처럼 값진 감동을 주면서 나를 바라본다. 그 시간들은 그토록 깊고도 행복한 모습으로 나를 바라보고 마비시킬 듯 달콤하고 뜨겁게 속삭이며 낙원의 전설처럼, 사라진 아발론의 그리움의 노래처럼 경이로운 슬픔을 만들어낸다.

오후에 나는 보통 '볼일'들을 미리 끝냈다. 그런 다음엔 아무 할 일도 없는 사람의 당당한 태도로 성곽을 둘러싼 둥근 길을 한두바퀴 돌면서 자유와 한가로움을 즐겼다. 당시 나는 내 안에서 그런 여유를 향한 재능을 발견하는 중이었다. 아, 내가 삶에서 무언가 올바른 것을 이루고자 한다면 (물론 — 그것이 남들이 늘 내게 말한 것처럼 그토록 꼭 필요한 일이었을까?) 나는 그야말로 힘들게 일을 해야 할 판이니 지금 주어진 며칠을 잘 즐겨도 됐다.

그다음엔 천천히 도시를 벗어나 교외지역의 정원들을 통과해서 언덕 위로 올라가 높고 향내 나는 여름 목초지나 은밀한 어둠이 깃든 숲의 가장자리 어딘가에 이르곤 했다. 소년 시절 이후로 나는 번쩍이는 도마뱀과 이리저리 날아다니는 나비들을 그때처럼 한가하고도 열성적으로 바라본 적이 없었다. 냇물에서 목욕을 하거나 뜨거워진 머리를 감고서는 비밀스러운 장소에서 바둑판 무늬의 속지가 들어간 작은 공책을 꺼내 아주 뾰쪽하게 깎은 연필로 내가 부끄러워하는 것, 믿을 수 없이 나를 즐겁게 하고 자랑스럽게 하는 것들을 적었다. 아마 당시 나의 시구들은 아무 가치가 없었을 테고 내가 그것을 다시 본다면 웃고 말겠지. 아니, 웃지는 않을 것이다, 분명 아니다. 하지만 글을 쓰거나 어떤 일을 할 때, 다시 한번만 더 그렇게 바보처럼 즐겁고 진심으로 행복해지고 싶다.

그러다가 저녁이 되면 소도시로 돌아갔다. 정원을 지나가면서 장미 한송이를 꺾어 손에 들고 가곤 했다. 도시로 돌아가면 장미를 손에 들고 온 걸 기뻐할 일이 쉽게 일어날 것만 같아서였다. 예를 들어 목수 집 딸 키더를렌을 운 좋게 시장 모퉁이에서 만나게 되면 나는 모자를 들어 올릴 테고, 그녀는 어쩌면 고개만 까딱하는 게 아니라 대화까지 허락하고, 그러면 나는 알맞은 말과 함께 그녀에게 장미를 건네는 게 어떨까 생각하겠지? 아니면 '독수리'의

조카딸이자 종업원인 마르타가 그럴 수도 있지. 그녀의 머리카락 색깔을 따라 '검은 독수리'에서 '금발 독수리'로 이름이 바뀐 것인데. 언제나 나를 위에서부터 아래까지 훑어보는 금발의 마르타. 아마도 그녀는 아니었을 거다.

그렇게 나는 도시로 가서 몇몇 골목길을 이리저리 거닐며 우연에 운을 맡기다가 마지막에 '독수리'로 돌아갔다. 주막집 문 앞에서 장미를 단춧구멍에 끼우고는 안으로 들어가서 예의 바르게 겨자를 곁들인 햄, 또는 양배추를 곁들인 학세나 갈비를 주문하고 바이힝 맥주도 마셨다.

식사가 나올 때까지 한번 더 시詩 공책을 훑어보며 재빨리 어딘가에 밑줄을 긋거나 물음표를 치고 나서야 먹고 마셨고, 말하고 행동할 때는 나이 든 세련된 단골손님들을 모범으로 삼았다. 주막집 주인과 여주인은 친절하게 맛있게 식사하라는 인사를 건네는 것뿐만 아니라 내 맞은편에 잠시 앉아 짧은 대화도 나누곤 했다. 그러면 나는 겸손함을 겸비한 사교성으로 묻는 말에 답했고 중요한 속담이나 정치적 의견 또는 농담을 내놓기도 했다. 마지막으로 저녁 식사 값을 치르고 맥주 한병을 들고 침실로 올라

갔다. 모기들이 분주하게 오가는 방에서 맥주를 차게 보관하려고 대얏물에 담가놓아야 했다.

그러고 나면 경이로운 저녁 시간이 찾아왔다. 나는 혼자서 창턱에 걸터앉아 여름밤과 가벼운 무더위, 그리고 커다란 양초 모양의 흰색 밤나무꽃들이 유령처럼 창백하게 빛나는 것이 얼마나 아름다운지를 절반쯤은 의식하며 느꼈다. 그러고는 어둠속에서 저 커다란 나무들 아래로 연인들이 나란히 기대서 느린 속도로 걸어가는 것을 답답하고도 울적한 마음으로 바라보면서, 슬프게 장미를 단춧구멍에서 빼내 창문 밖의 가벼운 먼지가 나는 하얗게 빛나는 거리로 내던졌다. 거리에서는 수레들과 주막집 손님들, 연인들이 오갔다.

내가 무언가를 이야기하겠노라 약속했던가? 아니다, 그런 약속은 하지 않았고 또 아무 이야기도 안할 셈이다. 약혼을 하거나 다리를 부러뜨린 일 같은 건 이야기할 수 있다. 나는 그저 저 여름밤들의 노래가 다시 듣고 싶구나. 그것은 아발론의 온갖 노래들보다 내게 더 사랑스럽다. 그 노래들을 완전히 잊지 않으려면 그냥 오래된 도시와 성곽과 해자를 기억하면 된다. 여러해가 지난 다음 다시 저 밤나무들을 잠시 떠올리고 싶다. 당시 나의 시 공책과 그 모든 것들은 다시는 돌아오지 않을 것이기 때문이다.

하지만 그것이 당시 겨우 여드레 낮과 밤이었을 뿐이라는 게 믿기지 않는다. 내 생각에는 백번도 넘게 숲으로 가는 길을 걸었고, 백번도 넘게 장미를 꺾고, 밤나무 도시의 아름다운 소녀들을 위해 마음속으로 백번도 넘는 저녁에 백송이도 넘는 장미들을 준비했다가 아무도 그것을 원하지 않았기에 우울한 마음으로 어두워지는 거리에 내던졌던 것 같기 때문이다. 실은 장미는 도둑질한 것이었지만 누가 그런 걸 알기나 했나? 목수의 딸 키더를렌도 금발의 마르타도 아니었다. 그들 중 한명이 내가 훔친 장미를 받으려 했다면 기꺼이 백송이 장미도 더 사서 선물했을 테지만.

꿈
Traum

언제나 같은 꿈.
붉은색 꽃이 피는 밤나무,
여름 꽃이 만발한 정원
그 앞에 외로이 낡은 집 한채.

고요한 정원이 있는 거기서
내 어머니 요람 속 나를 흔들어주셨지.
어쩌면 — 그리도 오래전 일이니 —
정원, 집, 나무는 이젠 없을 거야.

어쩌면 이제는 풀밭 길 하나,
쟁기와 써레가 지나는 길,
고향, 정원, 집, 나무는
내 꿈에만 남아 있고.

복숭아나무

Der Pfirsichbaum

지난밤 높새바람이 참을성 있는 땅 위로, 텅 빈 들판과 정원 위로, 말라버린 포도나무와 잎 떨어진 숲으로 인정사정없이 사납게 불면서 가지마다 나무 몸통마다 비틀어대고 장애물을 만나면 푸—소리로 울부짖고, 무화과나무에 부딪쳐 딱딱 골조 소리를 내고, 시든 나뭇잎의 구름들이 소용돌이치며 공중으로 높이 솟아오르게 만들었다. 아침이 되고 보니 눌려 찌부러지고 납작해진 나뭇잎들이 깨끗하게 씻겨서 바람길에 보호를 해준 구석진 곳이나 담장이 튀어나온 곳 뒤에서 거대한 더미를 이루었다.

정원으로 나가보니 불행한 일이 일어나 있었다. 나의 복숭아나무 중에서 가장 큰 나무가 몸통이 부러져서 포도원의 가파른 경사면 땅 위로 쓰러져 있었다. 이 나무들은 나이가 아주 많지도 않고 또 거대한 영웅 나무도 아니다. 그냥 섬세하고 저항력이 약해서 손상에 민감하고, 수지는 품종개량이 지나치게 이루어진 오래된 고귀한 혈통의 요소를 지니고 있다. 쓰러진 나무는 특별히 고귀하거나 아름다운 나무는 아니었지만 어쨌든 나의 복숭아나무 중에서 제일 큰 녀석이었고, 내가 오래 알아온 친구였으며, 나보다 더 오래 이 땅에서 살았다. 해마다 3월 중순이 지나면 이 나무는 곧바로 봉오리를 열고, 장밋빛 꽃이 피는 거품 같은 우듬지를 날씨가 맑은 푸른 하늘엔 힘차게, 비오는 하늘의 잿빛 배경에서는 한없이 연약하게 드러냈다. 쌀쌀한 4월에는 변덕스러운 돌풍에 흔들리는 그 사이로 노랑나비들이 날아다니고, 고약한 높새바람에 맞서 버티며, 비오는 시간의 축축한 잿빛 속에 꿈꾸듯 조용히 서서 몸을 살짝 굽혀 발치를 내려다보곤 했다. 그 발치에서는 가파르게 비탈진 포도원의 풀들이 비가 내릴 때마다 점점 더 초록빛이 되면서 더욱 무성해졌다. 나는 이따금 이 나무에서 꽃이 피어나는 작은 가지 하나를 집으로 가져다

가 꽃병에 담아 방에 두었고, 열매가 무거워지기 시작하는 시기에는 받침대를 대주기도 했으며, 뻔뻔스러운 일이지만 꽃피는 시기에는 이 나무를 그림으로 그리려 시도하기도 했다. 사계절 내내 나무는 그 자리에 서서 내 작은 세계의 한 자리를 차지하고 거기 속했다. 또 더위와 눈, 폭풍과 고요함을 함께 겪고, 제 소리로 노래하고 제 울림으로 모습에 기여하면서 차츰 포도 기둥들보다 높이 자라나서 도마뱀, 뱀, 나비, 새 들의 여러 세대를 거치며 견뎠다. 특별히 두드러지지 않고 대단한 주목을 끌지도 않았지만 없어서는 안되는 나무였다. 열매가 익기 시작할 때면 나는 아침마다 작은 계단길에서 잠시 벗어나 이 나무에게로 갔다. 그리고 밤새 떨어진 열매들을 축축한 풀밭에서 주워 호주머니나 바구니 혹은 모자에 담아 집으로 가져가 테라스 난간에 햇빛을 받도록 놓아두었다.

이토록 오랜 시간을 알던 친구가 속하던 곳이 빈자리가 되었다. 작은 세계에 하나의 균열이 생겼고 그 균열을 통해 공허, 어둠, 죽음, 두려움이 안을 들여다봤다. 부러진 몸통은 슬프게 놓여 있었는데, 물러져서 약간 부풀어 오른 듯 보였으며 가지들은 쓰러지면서 꺾여 있었다. 아마도 이주 뒤에는 이 가지들은 다시 한번 장밋빛 봄꽃을 매달고 푸른 하늘이나 잿빛 하늘을 향했을 것이다. 나는 이제 다시는 이 나무의 가지와 열매를 꺾지 못할 것이고, 가지가 뻗어나가는 독특하고 약간은 환상적인 구조를 스케치해볼 수도, 무더운 여름날 그 빈약한 그늘에서 잠깐 쉬려고 계단길에서 벗어나 이 나무로 오지도 못할 것이다. 정원사인 로렌초를 불러서 쓰러진 나무를 마구간으로 옮기라고 지시했다. 비오는 날 특별히 다른 할 일이 없으면 이 나무는 쪼개져서 장작이 될 것이다. 나는 속상한 마음으로 그 모습을 돌아봤다. 아, 나무들도 믿을 수가 없다니, 나무들도 사라질 수 있고 죽어버릴 수가 있다니, 어느날 갑자기 사람을 버려두고 저 거대한 어둠속으로 스러질 수가 있다니!

나는 나무의 몸통을 잡고 힘들게 끌고 가는 로렌초의 뒷모습을 바라봤다. 안녕, 내 사랑하는 복숭아나무야! 너는 적어도 기품 있고 자연스러우며 정상적으로 죽었으니 나는 네가 행운아라고 찬양한다. 너는 거대한 적이 너의 팔다리를 몸통에서 비틀어서 더는 어찌할 수 없을 때까지 버티고 견뎠다. 굴복하지 않을 수 없게 되자 쓰러져서 뿌리와 분리되었다. 하지만 너는 전투기의 폭탄을 맞아 갈가리 찢긴 것도 악마 같은 화학약품에 타버린 것도 아니다. 수백만 나무들처럼 고향땅에서 뽑혀 피 흐르는 뿌리를 지닌 채 성급하게 다시 심어졌다가 도로 파내져서 고향을 잃은 것도 아니며, 네 주변에서 몰락과 파괴, 전쟁과 능욕이 벌어지는 것을 경험하다가 비참하게 죽은 것도 아니다. 너는 그냥 동족들에게 일어나는 어울리는 운명을 겪었다. 그러니 나는 네가 행운아라고 칭송한다. 너는 우리보다 훨씬 낫고 아름답게 나이가 들었다. 우리는 나이 들어도 오염된 세상의 독과 비참함에 맞서야 하고, 숨을 쉴 때마다 사방을 갉아먹는 유해물질에서 깨끗한 공기를 얻으려고 싸워야 하니 말이다.

나무가 쓰러진 것을 보았을 때 나는 이런 일이 생길 때면 언제나 그랬듯 대체품을, 그러니까 새로 나무를 심을 생각을 했다. 쓰러진 나무가 있던 자리에 구멍을 파고 한동안 그대로 놔둔 채 공기와 비와 햇빛에 노출시키고, 구멍 안에 잡초더미와 온갖 재들이 뒤섞인 퇴비를 집어넣고 기다렸다가 보슬비가 내리는 어느 온화한 날에 어린 묘목을 심는 것이다. 같은 종류의 어린 나무라면 이 땅과 공기를 견딜 수 있을 것이고 그 나무도 포도와 꽃, 도마뱀, 새, 나비 들과 좋은 동료, 좋은 이웃으로 지낼 것이며, 몇년 뒤에는 열매가 달릴 것이다. 그리고 봄이 올 때마다 3월 말에는 사랑스러운 꽃들을 피우다가 운명이 호의를 보인다면 늙고 지친 나무는 언젠가 폭풍이나 산사태나 눈의 압력을 받고 쓰러질 것이다.

하지만 이번에는 다른 나무를 심기로 결정할 수가 없었다. 평생 꽤 많은 나무를 심었으니 특정한 나무의 문제가 아니었다. 내 안에서 무언가가 이곳에서 새롭게 순환을 시작하는 것에, 생명의 바퀴를 새로 굴려 욕심 많은 죽음에게 바칠 새로운 먹이를 키워내는 일에 저항했다. 그러고 싶지 않다. 이 자리는 그냥 비워둬야겠다.

온통 꽃이 피어

Voll Blüten

복숭아나무 온통 꽃이 피어 서 있네,
모든 꽃이 열매가 되진 않아,
꽃들은 푸른 하늘과 달아나는 구름 사이로
장미거품처럼 밝게 빛난다.

생각들도 꽃들처럼 피어나지,
매일 백가지나—
피어나게 둬! 모든 것이 제 길을 가게 해.
열매에 대해선 묻지 말고!

그건 놀이이자 무죄함이니
남아돌게 피어나야지,
안 그랬다간 세상이 너무 좁을 테니
삶이 아무 낙도 없을 테니.

은둔자와 전사 들

Einsiedler und Kämpfer

나는 알프스 고지의 초원과 경사면, 토질의 암벽 틈이 온갖 풀과 꽃, 양치류와 이끼류로 뒤덮인 것을 보았다. 오래된 민중언어는 이런 식물들에게 많은 것을 알려주는 온갖 진기한 이름을 붙였다. 산의 자식이자 손주인 이 식물들은 각기 제 자리에서 색색으로 남에게 아무런 해도 주지 않고 살아왔다. 나는 그것들을 만지고 관찰하고 향기를 맡고, 이름을 익혔다. 나무들의 모습은 더욱 진지하고 더 깊게 내 마음을 건드렸다. 그들 하나하나가 자신만의 삶을 사는 것을 목격했다. 저만의 특별한 형태와 우듬지를 형성하고 그림자를 던졌다. 그들은 산과 가까운 친척 관계에 있는 은둔자나 전사 같았다. 나무들 하나하나가,

특히 산의 고지대에서 자라는 나무들은 거기서 버티고 자라기 위해 바람, 날씨, 바위 등과 고요히 끈질기게 싸워왔기 때문이다. 저마다 자기만의 짐을 짊어지고 거기 꼭 달라붙어야 했고, 그러면서 고유한 형태와 특별한 상처를 갖게 됐다. 폭풍이 오직 한편으로만 가지를 뻗도록 해준 소나무들도 있고, 위쪽을 가리며 막아선 암벽을 붉은 몸통으로 뱀처럼 휘감으면서 나무와 암벽이 서로를 꼭 눌러 하나로 붙어버린 것들도 있었다. 이런 나무들은 전투적인 남자처럼 나를 바라봐서 내 마음 속에 부끄러움과 경외심을 일깨웠다.

이곳의 남자들과 여자들은 그들과 비슷했고, 단단하고 엄격하게 주름이 잡힌 채 말수가 적었다. 적어도 뛰어난 사람들은 그랬다. 그래서 나는 사람들을 나무나 암벽처럼 바라보고, 그들에 대해 생각하며, 그들을 고요한 소나무보다 덜 존중하거나 더 사랑하지 않는 법을 배웠다.

사슬에 묶인 힘과 정열

Gefesselte Kraft und Leidenschaft

내가 걷는 길은 숲에서 비바람을 맞는 쪽 가장자리를 따라 계속되었다. 나는 나무의 몸통, 가지, 뿌리가 지닌 의미심장하게 그로테스크하고 대담한 형태들에서 재미를 찾았다. 이보다 더 강렬하게 내적으로 상상력을 사로잡는 것은 없다. 처음에는 대개 우스꽝스러운 인상들이 주도한다. 뿌리들이 뒤엉킨 모습, 땅의 갈라진 틈, 가지들의 모양에서 내가 아는 얼굴들의 찌푸리거나 냉소를 머금은 모습, 또는 희화한 듯한 모습을 떠올린다. 그러고 나자 굳이 찾지 않아도 눈이 더욱 예리해져서 놀라운 형태들이 무더기로 나타난다. 우스꽝스러운 모습은 사라진다. 이 모든 형태들은 아주 단호히 결심하고서 대담하게, 움직일 수 없이 거기 서 있는데, 침묵하는 이 무리가 머지않아 법칙성과 엄중한 필연성을 알려주기 때문이다. 마지막에 그들은 으스스하게 고발하는 존재가 된다. 가면을 쓴 변화하는 인간이 진지하게 바라보기 시작하면 곧 자연 속 식물들 각각의 모습에 깜짝 놀라지 않을 수 없으니 말이다.

자작나무

Die Birke

어떤 시인의 꿈 덩굴도
이보다 더 섬세하게 가지를 뻗고,
이보다 더 가볍게 바람에 휘고,
이보다 더 고귀하게 고개를 하늘로 쳐들지 못하리라.

너는 두려움을 억누른 채
밝고 긴 가지들이
다정하게, 여리고도 가늘게
불어오는 숨결에도 흔들리도록 매달았네.

그렇게 너의 섬세한 떨림으로 넌 내게
다정하게 순수한 청춘의 사랑의 초상
하나를 요람처럼 흔들흔들
나직이 보여주려 하네.

밤나무숲의 5월

Mai im Kastanienwald

남쪽의 알프스 풍경은 지금인 5월 초와 다시 늦가을에 가장 아름다운 모습을 보인다. 여름 내내 모든 언덕과 낮은 산은 초록 수풀로 뒤덮인다. 이 시기에는 지역 전체가 초록, 초록, 초록이니 만일 여러 색깔로 반짝이며 빛나는 마을들이 사방에 띄엄띄엄 있지 않고, 또 멀리서 몇몇 설산雪山들이 이런 풍경을 굽어보고 있지 않았다면 거의 단조로울 지경이다. 하지만 밤나무들이 처음 잎사귀들을 내기 시작하고 숲 전체가 쉽게 속이 들여다보이는 지금, 마지막으로 피어난 야생 벚꽃들이 시들고 아카시아가 꽃을 피우기 시작하는 지금, 남쪽의 숲은 타오르듯 생기 있고 불그레한 기가 살짝 섞인 초록으로 매혹한다. 아직 불안정한 연녹색의 틈바귀 사방으로 하늘과 별과 먼 산맥이 보이는 이 순간에 말이다.

이 시기에는 뻐꾸기가 숲의 왕이다. 고요하고 외진 골짜기, 햇빛이 잘 드는 숲의 등성이들, 그늘진 협곡 등 사방 어디에서나 뻐꾸기가 깊은 목소리로 구애하는 소리가 들린다. 그 외침은 봄을 뜻하고 그 노래는 죽지 않음을 노래한다. 그러니 우리가 이 새에게 나이라는 숫자를 묻는 게 공연한 일만은 아니다. 그 목소리는 숲 속에서 따스하고 깊게 울리는데, 이곳 알프스 남쪽에서도 그것은 슈바르츠발트•와 라인 강 골짜기에서 내 어린 시절에 울리던 소리와 다르지 않고 보덴제Bodensee에서 살던 시절, 내 아들들이 아직 어릴 때 처음으로 듣던 소리와도 다르지 않다. 그 소리는 태양처럼 숲처럼 어린잎들의 초록처럼 5월에 떠가는 구름의 흰색과 보라색처럼 예전 그대로 남아 있다. 뻐꾸기는 해마다 울지만 아무도 그것이 작년의 그 녀석인지 알지 못하고 우리가 어린 시절, 소년 시절, 청년 시절에 들

• Schwarzwald. 검은 숲이라 불리는 독일 서남부의 고원 산지.

었던 뻐꾸기들이 어찌 되었는지는 누구도 모른다.

이 달콤하고 깊은 목소리는 옛날에는 약속과 미래처럼, 사랑의 구애처럼, 폭풍의 외침처럼 행복을 향해 울렸고 지금은 과거처럼 울린다. 뻐꾸기는 제 경고음을 듣는 사람이 우리거나 아니면 우리 아이거나 손주이거나 상관하지 않고, 저의 외침으로 요람 속에 있는 우리를 깨우는 것이든 우리 무덤 위에서 우는 것이든 상관하지 않는다. 이 부끄러움 많은 형제는 우리 눈에 띄는 일이 드문데 그런 이유만으로도 나는 뻐꾸기가 좋다. 녀석은 쉽사리 모습을 드러내지 않고 저 혼자 남아 있으려 한다. 대부분의 사람들에게 뻐꾸기는 초록 숲에서 들려오는 아름답고 깊은 유혹하는 목소리일 뿐이다. 그 노랫소리는 수천번이나 들었어도 그 새를 본 적은 한번도 없다. 어제는 열두어살쯤 된 학생들 무리에게 '뻐꾹새'를 본 적이 있느냐고 물었는데 겨우 몇명만이 그렇다고 답했다.

대부분의 사람들 눈에는 보이지 않는 이 수줍은 형제, 즐거운 숲의 사촌을 나는 자주 보았다. 이 새에 대해서는 매혹적으로 생생하고 뿌리도 없는 이야기들이 돌아다닌다. 그런데도 이 새는 두달 동안이나 숲 전체를 왕이 되어 지배한다. 녀석은 소리를 지르는 도전적인 사랑의 전령이지만 결혼, 고향, 자녀 양육 따위에는 별 관심이 없다. 형제 뻐꾸기야, 계속 외쳐라, 너는 내가 좋아하는 동물에 속한단다. 나는 남의 목숨을 뺏는 맹수에 속하기는 해도 모든 동물과 사이가 좋단다. 많은 동물을 알고 그들에게서 즐거움을 얻지. 수줍음 많고 잘 알려지지 않은, 심지어 작고 두려움에 가득 찬 그러면서도 아주 뻔뻔한 고지대여우• 마저도 나를 피하지는 않거든. 최근에도 나는 뻐꾸기를 한번 더 볼 기회가 있었는데 그것도 한마리가 아니라 암수 한쌍을 봤다. 숲 속 좁은 골짜기의 바닥에서 검은 방울꽃을 꺾다가 녀석들을 보았는데, 나는 한동안 마른 나무처럼 꼼짝도 하지 않고 서 있었기에 녀석들은 나를 전혀 알아채지 못했다. 뻐꾸기들은 높은 우듬지에서 (밤나무숲

• Hochlandfüchschen. 프리드리히 푹스(Friedrich Fuchs, 1890~1948)를 암시한다. 그는 『고지대』*Hochland*라는 잡지의 주필로서 헤세를 공격했다. 그의 성(姓) 푹스가 여우라는 뜻이기도 하므로 '고지대여우'가 되는데, 보통의 여우가 아니라 '작은 여우'(Füchschen)라 불리고 있다.

사이로 키 큰 물푸레나무들이 서 있는 곳) 장난을 치며 위아래로 서로를 쫓았고, 그들의 기쁘고 유연한 비행은 환호하는 꽃장식들 속에서 벌어졌으며, 크고 어두운 색깔의 이 새들은 나무에서 나무로 피융—소리를 내며 옮겨갔다. 거칠고도 놀랍게 순간적으로 회전을 하면서 갑자기 수직으로 바닥으로 떨어졌다가 빠르게 로켓처럼 우듬지로 날아오르고, 아무 때나 1초도 안되는 짧은 순간에 앉아서 날카롭게 흥분해 외침을 내지르곤 했다.

내가 평생 해마다 뻐꾸기를 본 것은 아니다. 모두 해서 아마 열두어번쯤, 그리고 앞으로 더는 자주 만나지 못할 텐데, 다리가 성치 못하니 머지않아 이 수줍은 형제 뻐꾸기는 내 아들과 손주 들을 향해 울겠지. 손주들아, 뻐꾸기 소리를 잘 들어라, 녀석은 아는 것이 많으니 녀석에게서 배워라! 뻐꾸기에게서 즐거움으로 떨리는 대담한 봄의 비상을 배워라! 구애하는 따스한 유혹의 외침을, 이리저리 돌아다니는 방랑의 생활을, 고지대의 작은 여우를 포함해 속물을 멸시하는 법을 말이다.

나는 매일 숲에서 꽤 많은 시간을 보낸다. 아네모네와

풀모나리아 옆에서는 둥글레와 검은 방울꽃과 성 마리아 난초도 피고 있다. 그리고 나는 이따금 이 숲에서 그림을 그리고 때때로 풀숲에 누워 잠을 자고 종종 누워서 책을 읽는다. (…)

머지않아 여름이 오겠지. 머지않아 숲은 진초록으로 빽빽해질 테고 숲 속의 빈터에서는 가늘고 섬세한 숲의 풀들이 높이 자라나고 밤이면 소쩍새 울음을 듣게 될 것이다. 소쩍새도 내가 뻐꾸기에 못지않게 몹시 존경하는 새다. 이 새 역시 수줍어서 눈에 잘 띄지 않고 구름처럼 아주 부드럽게 꿈결처럼 소리 없이 나는데, 그것 말고도 녀석은 단단히 움켜쥐는 날카로운 발톱과 부리를 가진 맹금류이니 인간은 말할 것도 없고 다른 많은 동물들보다 더 영리하다. 머지않아 여름이 되고 여러 소리가 숲을 가득 채울 것이다. 새로운 향기와 색깔 들이, 그리고 오늘은 바닥에서 싹트며 올라오는 작은 것들이 늙고 단단해져서 갈색으로 변해 있을 것이다. 뻐꾸기도 입을 다물겠지, 녀석마저도. 태양과 별은 그래도 계속 비출 것이고 출판사들도 예전처럼 훌륭한 책들을 보낼 것이다.

슈바르츠발트

Schwarzwald

이상하게 아름다운 열지은 언덕들,
어두운 산, 밝은 초지,
붉은 낭떠러지, 갈색 협곡들,
전나무 그림자로 뒤덮인!

탑에서 울리는 경건한 종소리가
전나무 폭풍의 솨— 소리와
저 위에서 뒤섞일 때면
몇시간이고 귀 기울일 수 있어.

그러면 밤에 벽난로 앞에서
읽었던 전설처럼 이곳에
살던 시절의 기억이
나를 붙잡는다.

그 시절 소년이던 내 눈엔
먼 곳이 더 고귀하게, 더 폭신하게,
전나무숲을 화관처럼 두른 먼 산들이
더 행복하고 풍성하게 빛났으니까.

나무들

Bäume

나무만큼 사랑스러운 시를
쓸 순 없을 것 같아.
달콤하게 흐르는 대지의 젖가슴에
굶주린 입술을 대고 빨아들이는 나무.
하루 종일 창조주를 바라보며
경배하려 잎사귀 팔을 들어 올린 나무.
여름옷을 입을 땐 머리카락 속에
지빠귀 둥지를 이고 있는 나무,
가슴 위에 눈雪을 지고
비와 사이좋게 지내는 나무.
시詩야 나 같은 바보가 쓰지만
오로지 창조주만이 나무를 만들 수 있지.

— 조이스 킬머●

Trees ••

I think that I shall never see
A poem lovely as a tree.

A tree whose hungry mouth is prest
Against the earth's sweet flowing breast;

A tree that looks at God all day,
And lifts her leafy arms to pray;

A tree that may in Summer wear
A nest of robins in her hair;

Upon whose bosom snow has lain,
Who intimately lives with rain.

Poems are made by fools like me,
But only God can make a tree.

• Joyce Kilmer

(Der amerikanische Dichter
dieser Verse fiel im
ersten Weltkrieg)

• Alfred Joyce Kilmer(1886~1918). 미국의 서정시인이자 에세이스트이던 그는 서른한살에 프랑스에서 1차대전 중 전사했다. 이 시 「Trees」는 1913년에 쓰였고 그의 시집 *Trees and Other Poems*(New York 1914)에 수록되어 있다.

•• 헤르만 헤세가 자필로 옮겨 적은 시 「나무들」.

뿌리 뽑혀서

Entwurzelt

저편에는 외따로 낡은 주막이 있었고 나는 그것의 지붕을 멀리서도 알아보곤 했다. 집은 예전처럼 서 있었지만 이상하게 변한 모습이었는데 처음에는 왜 그런지 이유를 알 수가 없었다. 정확하게 기억해내려고 애쓴 끝에 주막집 앞에 키 큰 포플러나무 두그루가 서 있던 것이 떠올랐다. 그 포플러나무들이 사라졌다. 아주 오래된 친근한 광경이 파괴되고 사랑스러운 장소가 손상을 입은 것이다.

그 순간 나쁜 예감이 피어올랐다. 더 고귀한 것이 더 많이 파괴되었을 거라는 예감. 내가 고향을 얼마나 사랑했는지 내 마음과 행복이 이곳의 지붕과 탑, 다리와 골목길, 나무들, 정원과 숲에 얼마나 깊이 의존했는지 무거운 마음으로 불현듯 깨달았다. 새로운 흥분과 근심에 사로잡혀서 나는 저편 잔치마당이 있는 곳으로 더 급하게 다가갔다.

거기서 내가 가장 사랑하는 추억들의 장소가 완전히 파괴돼 이름 없이 황폐해진 것을 멍하니 바라보았다. 우리가 그 그늘에서 파티를 벌이곤 하던 늙은 밤나무들, 우리 학생들 서넛이 서로 손을 맞잡아도 그 밑동을 감싸기 힘들던 커다란 나무들이 부러지고 터져서 뿌리가 드러나도록 뒤집혀 있었고, 바닥에는 집채만 한 구덩이들이 보였다. 제자리에 남아 있는 것은 단 한그루도 없었다. 그곳은 끔찍한 전쟁터였다. 보리수와 단풍나무 들도 남김없이 쓰러졌다. 너른 광장은 나뭇가지, 쪼개진 밑동, 뿌리, 흙더미 등이 뒤섞인 거대한 쓰레기 더미였고, 윗부분이 없는 막강한 나무 밑동들만 꺾이고 비틀린 채 벌거벗은 수많은 허연 조각들을 드러내놓고 그대로 박혀 있었다.

앞으로 더 나아가는 것은 불가능했다. 광장과 거리는 집채만큼 높이 쌓인 뒤죽박죽된 몸통과 나무 잔해로 가로막혔고, 아주 어린 시절부터 내가 깊고 거룩한 그늘과 높은 나무 신전으로만 여기던 곳에서 이제는 빈 하늘이 파괴를 내려다보고 있었다. 마치 나의 모든 비밀의 뿌리가 잘린 느낌, 참을 수 없을 정도로 훤한 대낮에 남이 뱉은 침을 맞은 기분이었다. 여러날을 이리저리 돌아다녔지만 숲길도 예전에 알던 호두나무 그늘도 소년 시절 기어오르던 떡갈나무도 무엇 하나 보이지 않았다. 도시 주변의 사방에서는 오로지 잔해, 구덩이, 풀처럼 베어지고 부서진 숲의 경사면, 탄식하며 태양을 향해 뿌리를 드러낸 나무 시체 들이 널려 있었다. 나와 내 어린 시절 사이에 틈이 벌어졌다. 내 고향은 이제 더는 예전의 고향이 아니었다. 지나간 시절의 사랑스러움과 어리석음은 내게서 떨어져 나갔다. 이제 나는 도시를 떠나 어른의 삶을 견뎌야 했는데, 삶의 첫 그림자들이 이 며칠간 나를 훑고 지나갔다.

일기 한장

Tagebuchblatt

집 뒤 비탈에서 오늘
뿌리와 돌 들 사이로 구덩이 하나를
파고 또 팠다. 충분히 깊이,
그 구덩이에서 돌멩이를 모두 치우고
거칠거나 고운 흙도 다 퍼냈다.
그런 다음 그곳 오래된 숲 여기저기서
무릎을 꿇고 한시간 동안 국자와
두 손으로 썩은 밤나무 그루터기에서
따스한 버섯 냄새를 풍기는
저 검고 버슬거리는 숲의 흙을
두통 가득 퍼서 이쪽으로 날라 오고
구덩이에 나무 한그루를 심었다.
나무 주위를 이탄의 흙으로
친절하게 둘러주고, 햇볕을 받아 따스해진 물을 천천히

부어가며 부드럽게 뿌리를 씻어내듯 흠뻑 물을 주었다.

작고 여린 나무가 거기 서 있다, 우리가 사라지고,
우리 시절의 시끄러운 위대함과
끝없는 곤궁과 미친 불안감이
잊힌 다음에도 거기 서 있을 테지.
높새바람이 나무를 휘게 하겠지. 비바람이 나무를 잡아채고,
태양이 미소를 보내고, 축축한 눈이 내리누르겠지,
방울새와 딱따구리가 그 나무에 살 거고
나무 발치에서는 조용한 고슴도치가 땅을 후벼 팔 테지.
나무가 경험하고 맛보고 당하는 일들,
세월의 흐름, 바뀌는 동물 종족,
압박, 치유, 바람과의 우정과 해와의 우정,

그 모든 것이 날마다 속살거리는 나뭇잎의 노래되어
나무에서 흘러나올 테지, 그 다정한 우듬지를
요람처럼 흔드는 친절한 몸짓에서도, 잠에 취해 매달린
봉오리들을 촉촉이 적시는 수지의 달콤한 향기에서도,
나무가 만족스럽게 저 자신과 놀이하는
빛과 그림자의 영원한 놀이에서도.

보리수꽃

Lindenblüte

지금 다시 보리수꽃이 핀다. 힘든 하루 일이 끝나고 어둑해지기 시작하는 저녁때면 여인네들과 소녀들이 몰려와 사다리를 딛고 가지로 올라가서 작은 바구니에 보리수꽃을 따서 모은다. 그들은 누군가가 병이 나거나 힘들어할 때 그것으로 치료 효과가 있는 차를 만든다. 그들이 맞다. 이 경이로운 계절의 따스함, 태양, 즐거움, 향기를 그냥 쓸데없이 흘려보낼 이유가 뭐람? 꽃이든 다른 것이든 무언가가 농축되어 손에 닿도록 매달려 있으면 우리가 그걸 따다가 춥고 고약한 계절에 위안을 얻으면 안될 이유가 뭐야?

모든 아름다운 것에서 한움큼씩 가득 얻어 힘든 시절에

쓸 수 있게 보관할 수만 있다면! 물론 그렇게 되면 인공 향기를 지닌 인공 꽃에 지나지 않을 테지만. 세상의 풍요로움은 매일 우리 곁을 스쳐 지나간다. 꽃들은 매일 피고 빛이 나고 즐거움이 웃음을 보낸다. 이따금 우리는 감사하며 넉넉히 그것을 마시고 때로는 지치고 넌더리가 나서 그런 건 알고 싶지도 않다. 하지만 아름다움은 항상 넘치도록 우리를 둘러싸고 있다. 기쁨은 아무 노력도 없이 오고 절대로 돈으로 살 수 없다는 사실이야말로 이런 모든 기쁨의 좋은 점이다. 보리수꽃의 향기처럼 그것은 누구에게나 무료로 주어지는 신의 선물이다.

나뭇가지에서 부지런히 꽃을 따서 모으는 여자들은 호흡 곤란이 오거나 열이 날 때 그걸로 차를 만들기는 하겠지만 거기서 가장 좋은 것, 실로 섬세한 것을 얻지는 못한다. 여름 저녁에 후덥지근하고 달콤한 도취상태에 빠진 연인들도 그것을 얻지 못한다. 하지만 지나가면서 더욱 깊이 숨을 쉬는 떠돌이 방랑자는 그것을 얻는다. 방랑자는 모든 즐거움 중에 최고의 것, 가장 섬세한 것을 얻는다. 즐거움을 맛보는 것 말고도 모든 즐거움이 순식간에 지나간다는 것을 알기 때문이다. 모든 샘에서 목을 축일 수 없다고 근심하지 않으며, 많은 것이 넘치도록 넉넉하다는 사실이 그에게는 익숙한 일이 되었다. 또 잃어버린 것은 오래 아쉬워하지 않고 한번 좋았던 모든 장소에 금방 뿌리 내리기를 바라지도 않는다. 많은 여행자들이 해마다 같은 장소를 찾아가고 아름다운 광경과 작별하면서 머지않아 다시 오리라고 결심하는 이들도 있다. 그들은 아마 좋은 사람들일 테지만 훌륭한 방랑자는 아니다. 그들은 연인들의 후덥지근한 도취가 지닌 요소, 보리수꽃을 따는 여인네들이 지닌 조심스러운 수집광적인 면모를 갖고 있다. 하지만 진지하게 즐거움을 만끽하고 작별하는 조용한 방랑의 감각을 갖지는 못했다.

어제 여행 중인 수공업 도제 하나가 이곳을 지나갔는데 비렁뱅이의 자유로움으로 이들 수집가와 주민 들에게 조롱조의 인사를 남겼다. 여자들이 잔뜩 올라가 있던 커다란 보리수나무에서 사다리들을 치워버리고 간 것이다. 나는 여자들에게 사다리를 도로 가져다주고 그들의 불평을 달래주기는 했지만 그런 장난질이 즐거웠다.

오, 방랑하는 도제들이여, 즐거운 떠돌이들아, 내 비록 너희를 불쌍히 여겨 너희 중 누군가에게 동전 5페니를 선물해주는 경우라도 나는 너희 모두를 왕처럼 높이 우러러본다. 존경과 경탄과 질투심을 품고 바라본다. 너희 모두는 설사 가장 망가진 자라 해도 보이지 않는 왕관을 쓰고 있다. 너희는 모두 행복한 사람이자 정복자다. 나도 전에는 너희와 같았기에 방랑과 낯설음이 어떤 맛인지 안다. 고향에 대한 그리움과 겁과 불안에도 그것은 달콤한 맛이 난다.

미지근한 여름 저녁에 늙은 나무들에서 꿀처럼 달콤한 향기가 길을 따라 풍겨온다. 아이들은 아래쪽 물가에서 노래하면서 붉은 종이와 노란 종이로 만든 물레방아를 가지고 논다. 연인들은 산울타리 곁에서 천천히 느긋하게 산보를 하고, 거리의 붉은 먼지들 속에서 뒤영벌들이 미친 듯이 원을 그리며 황금빛 소리를 윙윙 낸다.

나는 산울타리를 따라 걷는 연인들의 후덥지근하고 달콤한 도취가 부럽지 않으며, 아무 계산도 없이 즐거운 어린이들도 부럽지 않고, 윙윙대는 벌들과 그들의 어지러운

비행도 부럽지 않다. 오직 방랑하는 도제들만이 부럽구나. 그들은 모든 것의 향기와 꽃을 누린다.

한번만이라도 다시 젊어져서 아무것도 모르고 구속받지 않은 채 뻔뻔하게 호기심에 차서 세상으로 떠나고, 배가 고파 길가에서 버찌로 식사를 하고, 갈림길에서는 윗도리 단추를 헤아려 '오른쪽 왼쪽'을 정하고 싶구나! 한번 더 따스하고 향기로운 짧은 여름밤에 건초더미에서 잠이 들고, 한번 더 숲의 새, 도마뱀, 풍뎅이와 조화롭게 어울려 지내는 방랑의 시간을 갖고 싶다! 여름 한철과 장화의 새 깔창 하나를 바칠 가치가 있는 일이지. 하지만 그럴 순 없다. 옛 노래를 부르며 과거에 쓰던 방랑 지팡이를 흔들고 예전에 좋아하던 먼지 나는 길을 걸으며 다시 젊어지고 모든 것이 전과 같다고 망상해봐야 아무 소용도 없다.

아니, 그런 건 지나갔다. 내가 늙었다거나 속물이 됐다는 말이 아니다. 아, 나는 전보다 어쩌면 더 어리석고 더 속박받지 않게 되었으며 영리한 사람들이나 그들의 사업과는 여전히 그 어떤 이해도 결속도 없다. 다만 나는 가장 성급하던 젊은 시절처럼 아직도 내 안에서 삶의 목소리가 부르고 경고하는 것을 듣는다. 나는 그 목소리에 불성실할 생각은 없다. 하지만 이제 그 목소리는 방랑과 우정으로, 횃불과 노래를 곁들인 술판으로 나를 이끌지 않고, 나직하고 절박하게 되어서 점점 더 고독하고 어둡고 고요한 길로 이끈다. 그 길이 즐거움으로 끝날지 고통으로 끝날지 모르지만 나는 그 길을 걷고자 하며 또 걸어야 한다.

젊은 시절에는 나이 드는 것을 전혀 다르게 상상했다. 하지만 여기에도 다시 기다림, 질문, 불안함, 그리고 충족보다 동경이 더 많다. 보리수꽃이 향기를 풍기고 방랑하는 도제들, 꽃을 따는 여인들, 아이들과 연인들이 모두 어떤 법칙을 따르는 듯 보이고, 자신들이 무엇을 해야 하는지 잘 아는 것만 같다. 오직 나만이 무엇을 해야 할지 모른다. 그냥 이것만 안다. 뛰노는 아이들의 계산 없는 즐거움도 방랑자들의 무심한 스쳐 지나감도 연인들의 후덥지근한 도취도 꽃 따는 여인들의 조심스러운 수집욕도 내게 주어진 것이 아니라는 사실. 내 안에서 외치는 삶의 목소리를 따르는 것, 설사 내가 그 의미와 목적을 알지 못한다 해도, 그리고 그것이 나를 즐거운 길거리에서 점점 더 멀리 어둡고 불확실한 것으로 데려간다고 해도 그것을 따르는 것이 내게 주어진 일이라는 사실을 말이다.

늙은 나무를 애도함

Klage um einen alten Baum

십년쯤 전부터 그러니까 저 즐거운 전쟁•이 끝난(1918) 뒤로 나의 일상적이고 지속적인 교유는 더는 사람들과의 그것이 아니었다. 남자나 여자 친구가 부족하지는 않았지만, 그들과의 만남은 매일 이루어지는 것이 아닌 일종의 축제 비슷한 일이다. 친구들은 나를 찾아오고 나도 그들을 방문한다. 그것 말고 다른 사람들과 매일 지속적으로 만나는 삶을 나는 이미 끊어버렸다. 나는 혼자 살고 있으

• 1차대전을 뜻한다. 1914년 전쟁이 처음 시작되었을 때 유럽 참전국의 많은 국민들은 만족해했다. 전쟁은 빨리 끝날 것이고 자신들이 승리할 것이라 믿었기 때문이다. 하지만 전쟁이 진행되면서 이런 관점은 정반대로 바뀌었다.

니 작은 일상의 교유에는 사람 대신 점점 더 많은 물건이 등장한다. 산책할 때 들고 다니는 스틱, 우유를 마실 때 쓰는 잔, 책상 위에 놓인 꽃병, 과일 담는 접시, 재떨이, 초록색 갓이 달린 램프, 작은 청동 조각상인 인도의 크리슈나, 벽에 걸린 그림들, 그리고 마지막으로 가장 좋은 것을 말하자면 내 작은 숙소의 벽 앞에마다 놓인 수많은 책들이다. 이런 것들이 내가 기상할 때와 잠들 때 먹거나 일할 때 좋은 날과 나쁜 날 들에 동무가 되어주는 가까운 얼굴들이고, 고향과 집에 있다는 편안한 착각을 만들어주는 존재들이다.

또다른 많은 대상들도 내 친밀한 관계에 속한다. 그들을 보고 쓰다듬는 것, 그리고 그들의 말없는 봉사와 언어가 내게는 사랑스럽고 없어서는 안되는 것들이다. 이런 것들 중 하나가 나를 떠나 내게서 사라지면, 그러니까 낡은 접시가 깨지거나 꽃병이 떨어지거나 주머니칼이 없어지면 나는 상실에 대한 작별인사를 해야 하고 한순간 생각에 잠겨 애도사를 바치게 된다.

오래되어 완전히 빛바랜 황금색 벽지가 발린, 약간은

기울어진 벽들과 회반죽이 튀어나온 부분이 많은 천장을 가진 나의 서재도 동료이자 친구에 속한다. 이 아름다운 방을 빼긴다면 나는 정말이지 큰 상실감을 느낄 것이다. 하지만 이 방에서 가장 아름다운 것은 작은 발코니를 향해 뚫린 빈 공간이다. 그 공간으로부터 루가노 호수만이 아니라 산 마메테San Mamette 지역까지 모두 합쳐서 수많은 물굽이들, 산들, 마을들, 그리고 가깝고 먼 열두어개의 마을들이 보인다. 그중에서도 가장 사랑스러운 곳은 바로 아래로 내려다보이는 조용하고 매혹적인 오래된 정원이다. 그 정원에서는 늙고 고귀한 나무들이 바람과 비를 맞으며 흔들리고, 급경사가 진 좁은 계단식 지형에는 키가 큰 아름다운 야자수와 눈부시게 풍성한 동백과 목련 들이 서 있다. 또 주목, 잎 빨간 너도밤나무, 인도 수양버들, 키 큰 상록식물인 함박꽃나무가 자란다. 내 방에서 보이는 이런 풍경, 이 계단식 지형, 이 식물과 나무 들이 내 방과 물건들보다도 더 많이 나와 내 삶에 속한다. 그들은 나와 함께 사는 충성스럽고 믿음직한 진짜 친구들이다. 이 정원으로 눈길을 던질 때면, 정원은 제게 매혹되거나 무심한 모든 이방인에게 보여주는 것을 내게도 보여줄 뿐만 아니라 더 많은 것을 끝없이 준다. 여러해와 낮과 밤이 지나는 동안, 사계절의 온갖 기후들을 겪으며 그 모습이 내게 친숙해졌고, 나는 모든 나무의 잎사귀와 꽃과 열매, 그 생성과 죽음의 온갖 상태를 잘 알게 됐으니 말이다. 그 모두가 나의 친구요, 그래서 그 모두의 비밀을 나는 알고 있는데, 오직 나만이 알고 다른 누구도 알지 못하는 비밀이다. 이 나무들 중 하나를 잃어버린다는 것은 내게는 친구를 잃는 일이다. (…)

봄에 때가 되면 이 정원은 철쭉꽃으로 타오르듯 붉어지고, 여름이면 야자수들이 꽃을 피우고, 높은 나무들 위로는 사방에서 푸른 등나무 줄기가 기어올라와 있다. 하지만 작아도 아주 늙어 보이는 타지 출신의 인도 수양버들은 반년쯤은 떨고 있는 듯 보이는데, 이 나무만은 늦게야 잎사귀들을 내놓고 8월 중순이 되어서야 꽃이 피기 시작한다.

이 모든 나무들 중에서 가장 아름다운 나무는 지금은 없다. 그 나무는 얼마 전 태풍으로 쓰러져버렸다. 그 나무가 쓰러져 있는 것이 보인다. 아직 치우지 않았는데 원래는 늙고 묵직한 거목이던 것이 이제는 밑동이 부러져 망가졌다. 나무가 서 있던 자리에는 넓고 큰 공간이 생겨서 멀리 떨어진 밤나무숲과 전에는 보이지 않던 몇몇 오두막들이 보이게 됐다.

그것은 그리스도를 배신한 유다가 목을 매어 자살했다는 유다나무•였다. 하지만 이 나무를 보고 그런 끔찍한 상상을 하기는 어려웠다. 유다나무는 이 정원에서도 가장 아름다운 나무였고 내가 여러해 전 이 집에 세를 든 것도 바로 이 나무 때문이었다. 전쟁이 끝나갈 때 나는 난민 신세로 혼자서 이곳에 왔다. 그때까지의 나의 삶이 무너졌기에, 여기서 일하고 생각하면서 무너진 세계를 내 안에서 다시 세우기 위해 숙소를 구하고 있었다. 작은 숙소를 구하던 중 지금의 집을 보았을 때 숙소가 나빠 보이진 않았지만 집주인이 나를 작은 발코니로 데려간 것이 결정타였다. 갑자기 눈 아래로 클링조르의 정원••이 보이는데,

• 서양박태기 나무로도 불린다.

•• 바그너의 오페라 「파르지팔」에 등장하는 마법사 클링조르의 정원. 온갖 아름다운 꽃들이 피어 있다.

그 한가운데에 커다란 나무 한그루가 밝은 장밋빛 꽃을 피우고 있었고 곧바로 나무 이름을 물었더니 보라, 그게 유다나무였다. 그뒤로 이 나무는 해마다 꽃을 피웠다. 팥꽃나무꽃처럼 껍질 가까이에 자리 잡은 장밋빛 꽃 수백만 개가 사주에서 육주 정도까지 피는데, 그런 다음에야 연초록 잎사귀가 나온다. 그러고는 이 연초록 잎사귀들 사이로 빽빽하게 무더기를 이룬 짙은 자줏빛의 비밀스러운 꼬투리들이 매달린다.

유다나무에 대해 사전을 찾아보면 딱히 그럴싸한 설명을 볼 수 없다. 유다나 그리스도에 대한 말은 없다! 대신 거기에는 이 나무가 콩과 식물에 속하고 학명이 'Cercis siliquastrum'이며, 원산지는 남유럽이고 그곳에서는 관상용 관목으로 여겨진단다. 그것 말고도 이 나무는 '가짜 요한 빵'이라는 이름으로도 불린다고 한다. 맙소사, 어쩌다가 여기에 진짜 유다와 가짜 요한이 어지럽게 끼어들었단 말인가! 하지만 '관상용 관목'이라는 말을 읽고는 내 아무리 비참한 처지라도 웃음을 터뜨리지 않을 수 없었다. 관상용 관목이라니! 이것은 나무, 그것도 거목이다. 내가 가장 왕성하던 시절에도 그만큼 튼실해질 수 없을 정도로 튼실한 밑동을 지닌 거목으로, 저 아래쪽 협곡의 정원에 뿌리를 내린 나무의 우듬지가 거의 내 발코니 높이까지 올라오는 그야말로 웅장한 진짜 돛대 나무였으니 말이다! 이것이 관상용 관목이었다면 나는 이 나무가 최근에 태풍을 맞아 낡은 등대처럼 무너져 쓰러졌다고 그 아래 서 있지는 않았을 것이다. (…)

최근 어느 밤에 사나운 남쪽 태풍, 그 뭐라나 하는 해양성 아메리카 허리케인의 꼬리부분이 불어왔는데 포도원들이 무너지고 굴뚝들은 넘어졌으며, 내 작은 돌 발코니마저 부서져 떨어졌고, 마지막에는 나의 늙은 유다나무도 데려가고 말았다. 소년 시절 내가 하우프Wilhelm Hauff나 호프만의 낭만적인 작품들에서 열대성 태풍이 무시무시하게 불어오는 이야기들을 얼마나 좋아했는지 물론 기억난다. 아, 정확하게 바로 그것이었다. 묵직하고 더운 바람이 그토록 강하고 무시무시하고 사납게 압박하며 불었다. 마치 사막에서 출발해 우리의 평화로운 골짜기로 와서 아메리카 방식의 못된 짓을 하려는 것처럼 불었다. 아무도 한

숨도 자지 못한 끔찍한 밤이었다. 어린 아이들 말고는 눈을 붙인 사람이 온 마을에 한명도 없었고 아침에 보니 부서진 기왓장, 깨진 창, 부러진 포도나무 들이 남았다. 하지만 내게 가장 고약하고 끔찍한 일은 바로 유다나무였다. 유다나무의 어린 형제 하나가 다시 심어지고 보살핌을 잘 받을 것이다. 하지만 그 나무가 선배의 절반만큼만 자라도 나는 이미 오래전에 이 세상에 없을 것이다. (…)

뜨내기 숙소

Landstreicherherberge

단풍나무 그림자로 서늘하게
보호받으며 나직한 샘물
밤마다 계속 흘러가니,
얼마나 낯설고 이상한가.

합각머리 위로 향기처럼
달빛은 언제나 다시 내리고,
어둡고 서늘한 대기를 통해
가벼운 구름 떼 날아가네!

모든 것은 그대로 남지만,
우리는 하룻밤 쉬고는
도로 떠난다, 뒤에서
아무도 우리를 기억하지 않는다.

그리고 어쩌면 몇해 뒤에
그 샘이 꿈에 나타난다.
성문과 합각머리 옛 모습 그대로던데,
지금도 그렇고 앞으로도 오래 그렇겠지.

하지만 잠깐 쉬는 동안에만
낯선 객에게 낯선 지붕이
고향의 예감처럼 빛나는 것이니,
그는 도시도 이름도 모른다.

단풍나무 그림자로 서늘하게
보호받으며 나직한 샘물
밤마다 계속 흘러가니,

얼마나 낯설고 이상한가.

대립

Gegensätze

몇주 전 한여름이 시작되고부터 커다란 함박꽃나무*가 내 창문 앞에서 꽃을 피우고 있다. 이 나무는 남쪽 여름의 상징으로 언뜻 게으르고 태연자약 느려 보이지만 실은 잽싸고 꽃을 낭비하듯 피운다. 눈처럼 하얗고 큰 꽃받침에서 언제나 겨우 몇송이, 많아야 여덟이나 열송이가 동시에 피어나는데, 그래서 나무는 꽃이 피는 두달간 거의 언제나 같은 모습이다. 하지만 이 아름다운 큰 꽃들은 매우 허망하게 지곤 한다. 어떤 꽃도 이틀 이상 가는 경우가 없다. 연초록빛이 스민 창백한 봉오리에서 대개는 이른 아

* 독일어 이름 Sommermagnolie는 글자 그대로는 여름목련이라는 뜻이다.

침에 꽃이 열린다. 순수한 흰색 꽃이 마법처럼 비현실적으로 둥실 떠오른다. 진하고도 단단하게 빛나는 초록 잎사귀들 사이에서 눈같이 하얀 공단처럼 빛을 반사하면서 하루 동안 젊고 빛나는 모습으로 피어난다. 그러다가 곧 슬며시 색이 바래 가장자리가 누레지고 형태를 잃어버리면서 감동적으로 체념과 피로를 표현하며 시드는데, 이런 시들어감도 하루밖에는 걸리지 않는다. 그러면 하얀 꽃은 이내 탈색되어 시나몬 색이 되었다가 어제만 해도 공단 같던 꽃잎들이 만져보면 섬세하고 질긴 들짐승의 가죽 같아진다. 꿈처럼 경이로운 소재, 숨결처럼 약하지만 그래도 단단한, 그렇다. 튼실한 실체다. 나의 커다란 함박꽃나무는 날마다 눈처럼 하얗고 순수한 꽃들을 매달고 있으니 이 꽃들은 언제나 동일한 꽃 같다. 나무에서는 신선한 레몬 향을 연상시키는, 하지만 그보다 더 달콤하고 순수하며 자극적인 귀한 향기가 내 서재로 풍겨온다.

커다란 여름함박꽃나무는 (북쪽에도 알려진 봄철 목련과 헷갈리지 마시기를) 아름답긴 해도 언제나 친구는 아니다. 내가 의혹을 품고 적대감으로 이 나무를 바라보는 계절들이 있기 때문이다. 이 나무는 자라고 또 자라더니 내 이웃이 된 지 십년 만에 벌써 너무 커져서 가을철과 봄철 몇달 동안 얼마 안되는 아침 햇빛을 내 발코니에서 앗아가곤 한다. 급하고 즙 많은 성장을 해서 거목이 된 이 나무는 내게는 빨리 자라는 좀 굼뜨고 키 큰 거친 젊은이처럼 여겨진다. 하지만 지금 한여름 꽃피는 계절에 이 나무는 섬세한 품위를 지닌 채 바람이 불면 라커 칠이 된 것처럼 뻣뻣하게 빛나는 잎사귀들을 살랑대면서, 너무 아름답지만 쉽사리 지는 섬세한 꽃들을 조심스레 보살핀다.

커다랗고 창백한 꽃들을 매단 이 거목의 맞은편에는 그와는 전혀 다른 난쟁이나무가 한그루 서 있다. 화분에 심어져서 아주 작은 나의 발코니에 서 있는 나무다. 이것은 땅딸막한 난쟁이나무로 실측백 종류인데, 키는 1미터도 안되지만 마흔살은 되었음직하고, 조금은 감동적이고 재미있게 생긴 부분이 있으며, 기품이 엿보이지만 옹이 투성이라 웃음을 유발한다. 최근에 생일 선물로 받은 것으로, 지금은 거기 서서 수십년을 폭풍에 시달린 듯 성격 확실하게 옹이진 가지들을 뻗치고 있다. 하지만 그래봤자

손가락 길이일 뿐인 이런 가지들을 하고서, 겨우 두송이 꽃만으로도 기품 있는 난쟁이를 가리기에 충분한 거목 형제를 무심히 건너다본다. 그런 것쯤은 이 난쟁이한테는 방해가 되지 않는다. 녀석은 통통하고 커다란 함박꽃나무를 아예 쳐다보지도 않는 것 같다. 상대의 잎사귀 하나가 녀석의 가지 하나만 하다. 주목할 만큼 작은 특별함으로 녀석은 깊은 생각에 잠겨 온전히 제 안에 침잠해서 아주 나이 들어 보인다. 인간 난쟁이들이 이루 말할 수 없을 만큼 나이 들거나 시간을 초월한 듯 보이는 것과 비슷하다.

몇주 전부터 이곳의 여름철 더위가 심해 나는 거의 밖으로 나가지 않고 덧창들을 모두 내린 채 작은 방들 안에 갇혀 지내는데 거인과 난쟁이인 두그루 나무가 내 친구들이다. 거인 함박꽃나무는 다양한 성장의 상징과 충동적이고 자연스러운 삶, 온갖 근심 없음과 탐욕스러운 다산성의 상징처럼 보인다. 그에 반해 조용한 난쟁이는 거의 의심의 여지없이 그 반대이다. 녀석은 공간이 별로 필요치 않고 낭비가 없으며 집중과 지속성을 추구한다. 이 나무는 자연이 아니라 정신이고 충동이 아니라 의지이다. 사랑스러운 작은 난쟁이야, 너는 얼마나 경이롭게 생각에 잠겨 있느냐, 얼마나 끈질기게 아주 늙은 채로 거기 서 있는 거냐!

건강, 유용함, 생각 없는 낙관론, 온갖 심오한 문제는 웃으면서 거부, 공격적인 의문 제기는 통통하고 비겁하게 포기, 순간의 향락에 사는 기술—이것은 우리 시대의 표어인데—이런 식으로 우리 시대는 부담스러운 1차대전의 기억을 슬그머니 속여 없애려 한다. 문제없다며 과장하는 미국식 흉내 내기, 토실토실한 베이비 가면을 쓴 배우, 터무니없이 멍청하고 믿을 수 없이 행복하게 빛나는 (smiling) 낙관론이 유행 중이다. 매일 새로 빛나는 꽃들로 꾸미고, 새로 등장한 영화배우 사진들과 신기록 숫자들로 장식하고서 말이다. 이 모든 위대함이 순간의 것이고, 이 모든 사진과 기록이 하루밖에 지속되지 않는다는 걸 아무도 묻지 않는다. 새것은 계속 나온다. 채찍을 높이 치켜든 너무나 멍청한 낙관론을 통해 전쟁과 비참함, 죽음과 고통은 망상이 만들어낸 멍청함일 뿐이라 선포하고, 그 어떤 근심이든 문제든 아예 알려고도 하지 않는데—미국식 모범에 따라 생겨난 실물 크기 이상의 이런 낙관론으로 인해 사유하는 정신도 자극을 받아 똑같이 과장하지 않을 수 없게 된다. 그래서 현재 유행 중인 철학사조들이나 화보잡지들이 보여주듯 정신은 이렇게 유치한 진홍빛 어린이-세계관을 거부하고 두배나 격한 비판과 더욱 깊어진 문제의식을 지향한다.

이웃한 나의 두 나무들, 그러니까 경이롭게 생명력이 넘치는 함박꽃나무와 놀랍도록 물질에서 벗어나 정신화한 난쟁이 사이에 자리 잡고 앉아서, 나는 이런 대립 놀이를 관찰하고 그에 대해 사색하고 더위에 잠깐씩 졸고 이따금 담배도 피면서 이윽고 저녁이 찾아와 좀 서늘한 바람이 숲에서 불어올 때를 기다린다.

그리고 내가 행하고 읽고 생각하는 곳 어디에서나 오늘날 세상의 이런 갈등을 만난다. 매일 몇통의 편지들이 오는데, 대개는 모르는 사람들이 보내온 것이다. 호감을 보이거나 비난을 하지만 모두가 동일한 문제를 다루고 있으니, 조잡한 낙관론을 지닌 채 나를 비관론자라 부르면서 끝없이 야단치고 비웃고 탄식하거나—아니면 내가 옳다고, 그야말로 깊은 고통과 절망감에서 광신적으로 과장해서 내가 옳다고 말한다. (…)

물론 두가지 모두 옳다. 함박꽃도 난쟁이나무도 낙관론자도 비관론자도 옳다. 다만 나는 낙관론이 조금 더 위험하다고 생각하는 것뿐이다. 낙관론의 성급한 만족감과 배부른 웃음에서 저 1914년을, 이른바 건강하다던 그때의 낙관론을 기억하지 않을 수가 없으니 말이다. 당시 모든 민족들은 그런 낙관론으로 전쟁을 향해 차츰 다가가던 과정을 그야말로 열광해서 바라보면서 비관론자들을 총살하겠노라 위협했다. 비관론자들이 당시 행한 일이라고 해봐야 전쟁이란 본래 몹시 위험하고 폭력적인 기획이니만큼 어쩌면 슬픈 결말이 나올지도 모른다는 사실을 기억해낸 것뿐이었다. 하지만 비관론자들의 일부는 조롱당하고 또 일부는 총살당했다. 낙관론자들은 위대한 시대를 기뻐하면서 여러해 동안이나 축하하며 승리를 거두다가 국민 전체와 함께 스스로 환호성과 승리에 근본적으로 지치더니 갑자기 붕괴해버렸다. 그러고는 옛날의 비관론자들에게서 위로를 받고 계속 살아갈 용기도 얻어야 했다. 나는 이런 경험들을 도무지 잊을 수가 없다.

아니다, 정신의 인간이자 비관론자인 우리가 우리 시대를 고발하고 유죄 판결을 내리고 비웃을 권리는 없다. 하지만 우리들 정신의 인간도 (오늘날 사람들은 우리를 낭만주의자라 부르는데 전혀 좋은 뜻은 아니다) 결국은 우리 시대의 일부가 아니겠는가. 그런 만큼 저 프로복서나 자동차 제조업자들처럼 자기 이름을 내걸고 말하고, 자기가 지닌 한 측면을 대변할 권리도 갖는 것이 아니겠는가.

놀라운 대조를 보이는 나무 두그루는 자연의 모든 것들이 그렇듯 그런 대립들 따위는 전혀 아랑곳하지 않은 채 각기 제 권리를 확신하고 또 자신을 믿으면서 저마다 강하고 끈질기다. 함박꽃나무는 즙을 빨아들여 부풀어 오르고 꽃들은 이쪽으로 후덥지근한 향기를 보낸다. 그리고 난쟁이나무는 자신 속에 더욱 깊이 침잠해 있다.

높새바람 부는 밤
Föhnige Nacht

높새바람 불어오니 무화과나무
비틀린 가지들 뱀처럼 다시 비틀며 흔들리고,
보름달은 고독한 축제를 벌이려고
앙상한 산맥 위로 떠올라 그림자들로 공간에 혼을 불어넣으며,
미끄러지는 구름-배들 사이에서
꿈꾸듯 혼잣말로 호수 골짜기 위의 밤에
마법을 걸어 영혼의 초상화 겸 시詩로 만드니,
내 마음 가장 깊은 곳에서 음악이 깨어나네,
영혼은 절박한 그리움에 붙잡혀 일어나서
스스로 젊다 느끼고 넘쳐 흐르는 삶으로 돌아가기를 열망하여
운명과 싸우면서 제게 무엇이 부족한지 헤아려보고,
노래들을 웅얼거리며 행복의 꿈으로 장난치네,

한번 더 시작하고 싶어, 한번 더 머나먼 청춘의 뜨거운
힘들에게 차가워진 오늘로 돌아오라 부르고 싶어,
방랑하고 구애하고 싶어, 떠도는 소망들의
어두운 종소리가 별들에게까지 울려 퍼진다.
망설이면서 나는 창문을 닫고 촛불을 켜고
베개가 희미하게 빛나며 기다리는 것을 본다.
밖에서는 온 세상과 불어가는 구름들의 시를 둘러싼 달이
높새바람 부는 저 은빛 정원을 생동하게 한다는 걸 알지만,
천천히 익숙한 것들로 돌아와서
잠들 때까지 내 청춘의 노래를 듣는다.

작은 길

Der kleine Weg

마을에서 호수까지 작은 길이 나 있다. 보행로이자 염소들의 길. 나는 그 길을 자주 걷는데 여름철에는 수백번 이상, 겨울에도 이따금 간다.

이 길은 찾기가 쉽지 않다. 아무도 짐작 못하는 자리에서 도로를 벗어나는데, 녹음이 짙은 계절에는 덤불숲과 나무딸기, 양치류 등이 웃자라서 입구를 가린다. 이 수풀을 뚫고 들어가면 길은 빠르게 빠르게 가늘고 빽빽한 숲을 통해 거의 수직으로 아래로 내려간다. 아직은 가늘고 곧게 뻗은 막대에 지나지 않는 어린 밤나무들의 숲이다. 이들은 진짜 어린 나무들은 아니고 수십년 전부터 차례로 베어낸 아주 늙은 나무들의 힘 있는 땅속뿌리에서 솟아

나온 수천개의 서두르는 어린 충동들이 우습고도 변덕스럽게 헝클어진 모습으로 숲을 이룬 것이다. 5월과 6월 초에 첫 잎이 나온 이들은 경이롭다. 아주 커다란 잎들을 매단 이 어린 밤나무 막대들은 일제히 같은 방향으로 빗질이라도 한 것처럼 하늘을 향한다. 또 이 막대들이 날개처럼 양쪽에 매단 잎사귀들도 모두가 같은 방향을 향하고 있어서 밝은 숲 전체가 같은 각도로 자른 십만개의 줄로 이루어진 그물망이 된다.

몇분 뒤에는 벌써 계단식 지형의 아래로 더욱 내려가게 되는데, 이곳 나무숲 가장자리에는 아직 늙은 밤나무 몇그루가 서 있다. 크고 고귀한 아버지 세대의 나무들로 나무 발치엔 이끼가 덮이고 몸통에는 담쟁이덩굴이 감겼고 막강한 우듬지들이 솟았으며, 그 아래엔 지난해 열매의 잔해들이 무더기로 쌓여 있다. 가시 달린 밤 껍질들이다. 바로 옆에서는 가늘고 매우 짧은 마른 풀들이 자란다. 급경사를 이룬 작은 초지[草地]의 위쪽은 밤나무 그림자로 덮이고 아래쪽은 해를 받는데, 이 작고 메마른, 자주 먼지가 나는 풀밭에서 이른 봄이면 언제나 아름다운 모습을 볼 수 있

다. 아래로 향하는 둥근 풀밭의 등성이를 키가 작고 아주 섬세한 하얀 꼬마 크로커스들이 떼를 이루어 가냘픈 하얀 숨결이나 흰 곰팡이나 은빛 모피처럼 뒤덮기 때문이다.

풀밭을 지나면 곧바로 다시 숲이 시작된다. 맨 먼저 다시 가는 밤나무숲, 이어서 5월이면 열대의 꿈의 정원 같은 향내를 풍기는 아카시아, 그 사이로 수많은 호랑가시나무들, 양철로 된 것 같은 잎사귀는 도톰하고 안정적인 광채를 내고, 빨간색 열매는 겨울철 텅 빈 작은 숲을 환하게 비춘다. 작은 길은 여기서 다시 매우 가파라지고, 비가 내리는 계절에는 사나운 냇물이 골짜기로 쏟아져 내린다. 덕분에 작은 길은 깊이 패어 있다. 깊은 수로와 참호를 지나듯 걷다보면 밤나무 뿌리들이 눈앞에 드러난다. 그 옆으로는 같은 색깔의 시든 잎도 보이는데, 가을철이면 여기저기서 멋진 식용 돌버섯도 만날 수 있다. 하지만 때를 맞춰 잘 찾아봐야 한다. 마을 사람들이 부지런히 이 버섯 채취에 나서기 때문이다. 여름이 끝날 때쯤 달이 점점 커지는 밝은 밤이면 그들은 아예 온 가족이 놀이삼아 출동해 몸을 잘도 감추는 이 버섯을 경이로운 기술로 찾아낸다.

6월이면 이곳은 온통 월귤나무[•]로 가득하고, 이 나무들을 모두 베어낸 너른 빈터에서는 햇빛이 비치는 날이면 일년 내내 월귤나무와 에리카의 향기가 은은히 배어난다. 늦여름이면 이곳에서 수많은 색깔의 나비들이 날아다닌다. 스페인 깃발 나비와 작은 멋쟁이 나비 들이다.

길은 이제 조금 덜 가파르다. 한동안 거의 평평하게 계속되면서 동시에 숲이 높고도 풍성해진다. 아름다운 늙은 나무들이 잘 보호되어 나란히 서 있고 물푸레나무도 몇그루 섞여 있다. 위에서 흘러내린 시내는 여름이 될 때까지 이곳에서 작은 웅덩이로 남아 있으며 우리 산의 다른 곳에서는 볼 수 없는 몇몇 꽃들도 핀다. 좁고 작은 길은 여기서 기력을 회복한다. 길은 점점 넓어지고 부분적으로는 두배로 커지기도 하고 제 옆에 작은 쌍둥이나 형제를 두기도 한다. 그러다 모르는 사이에 오래된 숲이 자신을 열어 보인다. 숲의 마지막 나무들 사이로 붉은 지붕과 따스한 황갈색 벽을 지닌 마구간인지 아니면 헛간인지 오두막

• 빌베리라고도 불린다.

한채가 서 있다. 그 헛간의 그림자에서 밖으로 나서면 짧게 열을 지어 포도나무들이 들어선 작은 초록색 계단식 지형에 도착한다. 그 사이사이로 어린 복숭아나무들과 가지가 수백번이나 잘리면서 고귀한 혹들이 달린 늙은 뽕나무들이 서 있다. 아래가 넓고 위는 좁은 작은 사다리 위에 거의 항상 늙은 사내 하나가 서서 뽕나무에 가위질하는 모습을 볼 수 있다. 이 늙은 사내는 뽕나무 잎사귀들을 쉽사리 따낼 수 있게 나무를 땅 가까이 머물도록 평생 동안 가지들을 잘라내는 수고를 해왔다. 이 여러해, 수십년간 나무들은 해마다 가지가 잘리고 베어져도 다시 일어나서 자랐고, 시간이 흐르면서 승리를 했다. 그들은 더 높이 자랐으니 칼과 톱을 든 이 사내는 나무들을 제대로 제압하지 못한 채 죽게 될 것이다.

숲에서 나오면서 포도나무와 복숭아나무를 따라 이 작은 초록 계단식 지형을 지나고, 다시 마주 보이는 숲을 향해 걸어가다보면 아름다운 순간이 나타난다. 아래쪽의 숲 사이로 계절에 따라 혹은 잎의 무성함에 따라 무언가 붉고 희고 푸른 것이 희미하게 빛나고 있다. 이어서 가파른 저 아래쪽에서 빛나는 붉은 지붕들과 작은 마을이 천천히 보이고, 위로 올라오는 닭 울음소리도 들린다. 그 너머로 하얀 테두리를 두른 장밋빛 물가와 푸른 호수가 보이고 그 사이에 희미하게 흔들리는 갈대 띠가 놓여 있다. 나는 언제나 여기서 한순간 멈춰 나무 몸통에 몸을 바싹 대고서 거의 수직으로 급하게 경사진 작은 길을 따라 아래를 내려다본다. 붉은 지붕들, 널려 있는 빨래들, 불그레한 보치아 경기장을 따라 호수와 갈대까지 바라본다. 이제 몇번만 내리뛰고 다시 좁은 물줄기들과 뿌리들이 빽빽이 뒤엉킨 공터들을 지나면 띄엄띄엄 서 있는 늙은 나무들 아래에서 툭 트인 곳으로 나서게 된다. 월귤나무숲이 낡은 담장을 가리고 있다. 담장을 넘어가면 흰색으로 눈부신 도로에 도착하는데 이 도로 저편에 호수가 있다. 갈대가 몸을 흔들고 보트들은 떠 있고 얕은 물가에는 갈색으로 다리가 탄 사내아이들이 대나무로 만든 낚싯대를 들고 서 있다.

낡은 별장의 여름 정오

Sommermittag auf einem alten Landsitz

백살이 된 보리수나무와 밤나무 들은
더운 바람에 살랑이며 숨 쉬고,
분수의 물은 바람결에 반짝이며 고분고분
방향을 바꾼다, 우듬지에 깃든 수많은
새들은 이 시간엔 거의 말이 없지.
저 바깥 도로는 정오 무더위에 조용하고
개들은 풀숲에서 늘어지게 잠들고
건초 마차들은 뜨거운 땅을 통해 멀리서 덜컹댄다.

우리 늙은이들은 그늘 속에 길게 앉아 있지.
품에는 책을 끼고, 부신 눈은 내리깔고,
이 여름의 오늘에 요람처럼 친절하게 흔들려도
속으론 앞서 떠난 이들을 생각하지.
겨울이든 여름이든 그들에겐 날이 밝지 않지만

그런데도 전당이나 길에서 보이지 않게
우리 곁에 와 있는 이들은
그곳과 이곳 사이에 다리를 놓는다.

9월의 비가悲歌

Elegie im September

침울한 나무들에서 비는 제 노래를 장엄하게 연주하고,

쏟아지는 갈색이 벌써 숲 위로 불어간다.

친구들아, 가을이 가까워지네, 숲에 숨어 이쪽을 노려보고 있어.

들판도 비었구나, 새들만 찾아올 뿐.

하지만 남쪽 경사면에선 막대에 매달린 포도송이 푸르게 익어간다,

축복받은 그 품엔 불길과 남모르는 위로가 담겨 있지.

오늘 아직은 도취시키는 초록으로, 즙으로 있는 모든 것이 머지않아

창백하게 얼어 스러질 거야, 안개와 눈에 덮여 죽어가겠지.

오로지 몸을 따스하게 해주는 포도주와 식탁에서 웃는 사과만이

여름철과 해가 빛나던 날들의 광채로 타오를 거야.

우리 감각도 그렇게 나이 들고, 망설이는 겨울이면

따뜻한 불길에 감사하며 추억의 포도주를 맛보겠지.

녹아버린 날들에서 축제와 기쁨은 펄럭이며 사라지고,

행복한 그림자들이 말없는 춤을 추며 가슴을 통해 유령처럼 출몰하겠지.

브렘가르텐[•] 성에서

Im Schloß Bremgarten

옛날에 누가 이 늙은 밤나무들을 심었을까,
돌로 만든 샘의 물을 누가 마셨을까,
화려하게 치장한 홀에서 누가 춤을 추었을까?
그들은 사라지고 잊히고 가라앉았다.

오늘은 우리가 빛을 받으며
사랑스러운 새들의 노래를 듣는다.
우리는 촛불을 켜고 식탁에 둘러앉아
영원한 오늘에 한잔 술을 올린다.

우리가 사라지고 잊혀도
높은 나무에선 여전히

• 스위스 베른주의 소도시.

지빠귀가 노래하고 바람도 노래하겠지,
저 아래에선 강물이 암벽에 부딪쳐 거품을 내고.

그리고 공작새가 저녁외침을 지를 때
홀에는 다른 사람들이 앉아 있겠지.
그들은 수다를 떨고, 얼마나 아름다운지 찬양하고,
깃발을 단 배들이 지나갈 테지,
영원한 오늘이 그걸 보고 웃을 테고.

자연의 형태들•

Die Formen der Natur

어린 시절부터 나는 자연의 기묘한 형태들을 바라보려는 성향이 있었다. 관찰이 아니라 그 본래의 마법에, 그뒤에 얽힌 깊은 언어에 마음을 빼앗겼다. 목화木化된 긴 뿌리, 암석에 나타난 여러 색깔의 광맥들, 물 위에 떠다니는 기름얼룩, 유리에 난 균열들—이 모든 것이 내게는 때때로 대단한 마법을 부렸으며, 무엇보다 물과 불, 연기, 구름, 먼지, 그리고 특히 눈을 감으면 보이는 빙글빙글 도는 색깔점이 그랬다. (…) 내가 그뒤로 느낀 어느 정도의 활력과 기쁨, 내 안에서 나오는 감정의 상승이 순전히 활활 타

• 『데미안』, 문학동네, 안인희 옮김, 81~82면, 125~26면에서 발췌.

오르는 불을 오래 바라본 덕이라 여겼기 때문이다. 불을 바라보는 일은 특이하게도 좋은 영향을 줘서 마음을 풍요롭게 해주었다!

지금까지 내 삶의 본래 목적을 향해 가며 겪은 몇 안되는 경험에 이 새로운 경험도 더해졌다. 그런 형태들을 관찰하다보면, 그러니까 비합리적이고 이상하고 꿈틀거리는 자연 형태에 몰두하다보면, 이 형태들을 있게 한 의지력과 우리의 내면이 서로 일치한다는 느낌이 생겨난다—물론 곧바로 그런 일치감을 우리 자신의 변덕으로, 창작으로 여기려는 유혹을 느끼지만—우리는 자신과 자연 사이에 있던 경계가 흔들리면서 무너지는 것을 보게 되고, 이런 형태들이 외부의 인상이 우리 망막에 맺혀서 생긴 것인지, 아니면 내면의 인상이 눈앞에 나타난 것인지 모르는 상태를 경험하게 된다. 우리가 얼마나 대단한 창조자인지 우리 영혼이 끊임없는 세계의 창조에 어느 정도 깊이 동참하고 있는지를 그렇게 쉽고 간단하게 알아낼 수 있는 길은 이런 연습 말고는 세상 어디에도 없다. 나뉘지 않은 동일한 신이 우리 안에서 그리고 자연에서도 활동하고 있는 것이다. 만일 외부세계가 붕괴한다면 우리 중 한명이 세계를 다시 세울 수 있을 것이다. 산과 강, 나무와 잎사귀, 뿌리와 꽃, 자연의 모든 형태가 우리 안에도 미리 새겨져 있으며 바로 우리 영혼에서 나왔기 때문이다. 영혼의 본질은 영원성이며 우리는 그 본질을 알지 못하지만 그것은 우리에게 대개는 사랑의 힘, 창조의 힘으로 느껴진다. (…)

정원엔 향기가 사라지고, 숲은 유혹하지 않고, 내 주변의 세계는 낡은 상품을 떨이 판매하는 것처럼 김빠지고 자극이 없으며, 책들은 종이, 음악은 소음이 되어버렸다. 가을 나무 주변으로 그렇게 잎사귀가 떨어진다. 나무는 그것을 느끼지 못하고, 비가 내리고, 햇빛이나 서리도 내리지만, 나무는 천천히 움츠러들어 가장 내밀하고 깊은 곳으로 점점 더 들어간다. 나무는 죽지는 않는다. 기다린다.

가을 나무

Baum im Herbst

초록색 옷을 뺏기지 않으려고
내 나무는 차가운 10월의 밤들과 아직도
절망적으로 싸운다. 그 옷이 좋아서. 안됐구나,
즐거운 여러달 동안 입고 있었는데,
나무는 그 옷이 더 입고 싶다.

그리고 다시 하룻밤, 다시
매서운 하루 낮. 나무는 힘이 없어
더는 싸우지 못하고 사지가 풀려
낯선 의지에 내맡긴다,
완전히 제압하라고.

하지만 나무는 이제 황금 빨강으로 웃으며
푸른 하늘 배경으로 깊이 행복하게 쉬고 있네.

지쳐서 자신을 죽음에 내주었더니,

가을이, 온화한 가을이 나무를

화려하게 새로 단장해주었네.

가지 잘린 떡갈나무

Gestutzte Eiche

나무야, 그들이 널 어떻게 잘라놓은 거니?
너 어찌 그리 낯설고 이상한 모양이냐!
백번이나 얼마나 아픔을 겪었기에 네 안에
반항과 의지 말고 다른 게 없단 말이냐!
난 너와 같아, 잘리면서 아픔을 겪은
목숨을 망가뜨리지 않고
시달리며 견딘 야비함에서 벗어나 매일
다시 빛을 향해 이마를 들어 올려.
내게 있는 약하고 부드러운 부분을
세상은 죽도록 비웃었어,
하지만 내 본질은 부서지는 게 아니야,
나는 만족하고 화해하며,
백번이나 잘린 가지들에서
참을성 있게 새 잎사귀를 내놓는 거야,

그 온갖 아픔에도 나는 그대로 남아

이 미친 세상을 사랑하는 거야.

고립된 남쪽의 아들

Ein vereinzelter Sohn des Südens

마리아브론 수도원 입구, 작은 기둥 두개가 떠받친 아치문 앞쪽 길가에는 옛날 한 로마 순례자가 가져온 남쪽 나라의 고독한 아들인 밤나무 한그루가 서 있었다. 이 나무는 거대한 몸통을 지니고 둥근 우듬지로 길 위를 다정하게 덮고서 바람이 불면 너른 가슴으로 숨을 쉬었다. 봄이 되면 사방이 온통 초록으로 변하고 수도원의 호두나무까지 불그레한 어린잎을 매달아도 여전히 잎사귀가 나오지 않다가, 밤이 가장 짧아질 무렵에야 잎더미에서 윤기 없이 흰빛이 도는 초록 광채를 지닌 낯선 꽃이 피어났다. 이 꽃은 경고하듯 참기 힘든 강렬한 냄새를 풍겼고, 과일과 포도를 수확하고 난 10월에야 가을바람에 누렇게 변한 우듬지에서 가시 돋친 열매들을 아래로 떨구곤 했다. 이 열매들은 해마다 항상 여문 것도 아니었지만 수도원의 학생들은 그것을 서로 차지하려 다퉜고, 남방 출신인 그레고어 부원장은 자기 방의 난롯불에 그 열매를 굽곤 했다. 수도원으로 들어가는 입구 위로 바람결에 낯설고도 섬세하게 우듬지를 흔드는 저 아름다운 밤나무, 속이 여리고 쉽사리 추위를 타는 타지 출신의 손님인 밤나무는 출입문의 늘씬한 사암 이치기둥과는 은밀한 동족이었다. 또 남방계와 라틴계 사람들의 사랑을 받지만 이곳 사람들이 낯설게 여겨 멍하니 바라보는 창문아치, 돌림띠, 기둥의 돌장식과도 동족이었다.

'어떤 풍경의 서술' 중에서

Aus »Beschreibung einer Landschaft«

일주일 전부터 나는 이곳 별관 1층에 살고 있는데 내게는 완전히 새로운 환경, 그러니까 새로운 풍경, 사회, 문화에 들어와 있다. 이렇게 새로운 세계 한가운데에서 처음에는 몹시 외로운 탓에 또 이 큼직하고 아름다운 서재의 고요함 속에 가을 낮이 아주 길게 느껴지는 탓에 나는 풍경 스케치라는 인내심 놀이를 시작한다. 이건 일종의 노동인 만큼 내 고독하고 텅 빈 나날에 의미라는 겉모습을 부여해준다. 적어도 많은 사람이 많은 보수를 받으며 수행하는 중요한 일들보다는 덜 해로운 활동이다.

지금 내가 묵고 있는 곳은 프랑스 쪽 스위스 주州들의 경계이자 프랑스어와 이탈리아어의 경계지역이다. 나는 친구인 이곳 요양원 원장의 손님으로 와 있는데—머지 않아 아마 어떤 의사의 안내를 받아 요양원을 더 자세히 알게 될 테지만—이곳 요양원 가까이에 붙어 있는 건물에 묵고 있다. 우선은 이 요양원이 아름다운 공원을 포함하는 너른 대지에 자리 잡고 있다는 것 말고는 거의 아무것도 모른다. 이곳은 옛날 귀족의 저택 자리로, 건축적으로 아름답고 거대한 성 같은 건축물이 포함되어 있다. (…)

널찍한 요양원 건물, 의사들의 아파트 두채와 내 숙소가 들어 있는 작은 별채, 그리고 현대적인 건축물 몇채에 부엌, 세탁실, 차고, 마구간, 소목장이 작업장, 다른 몇몇 작업장들이 들어 있는데, 이 건축물들이 커다란 식물원, 온상, 온실 등을 갖춘 정원과 한데 어울려서 봉건시대의 거대하면서도 약간은 교태를 부리는 인상을 풍기는 공원 한가운데에 자리 잡았다. 계단식 지형, 길과 계단 들을 통해 귀족 저택에서부터 점차 아래쪽 호숫가로 내려가는 이 공원은, 아직 더 큰 길을 모르는 현재로서는 나의 풍경이자 주변세계이기도 하니, 우선은 주목과 사랑을 온전히 차지한다. 이곳에 식물을 심은 사람들은 두가지의 성향

또는 정열에 이끌린 듯 보인다. 첫번째는 공간을 낭만적·회화적인 방식으로 풀밭과 나무 그룹으로 나누려는 것이고, 두번째는 아름답게 꾸며진 그룹의 나무들만이 아니라 이방의 진기한 나무들도 가능한 한 따로따로 여기저기 심어서 가꾸려는 노력이다.

내가 관찰한 바로는 이것은 이 지역의 귀족 장원들의 관습이었던 듯하고, 그것 말고도 저택의 마지막 주인이자 거주자는 이국적인 식물에 대한 애착을 남아메리카에서 가져온 것 같다. 남아메리카에서 그는 대규모 농장을 소유했고 담배 수출도 했다. 낭만적인 정열과 식물학적인 정열이라는 두가지는 물론 이따금 서로 대립하고 싸우기도 하지만, 그들을 화해시키려는 시도는 여러 면에서 거의 완전히 성공했다. 이 공원을 돌아다니다보면 호수 쪽을 내려다보거나 성의 정면부를 돌아보거나 관계없이 식물과 건축물 사이의 조화와 놀랍고 고귀한 전망의 매력에 끌리고 기뻐하게 된다. 그리고 머지않아 각각의 식물들, 그들의 식물학적 흥미로움과 나이, 생명력 등에 이끌려서 하나하나를 더 자세히 관찰해야겠다는 의무감 같은 것을 느끼게 된다. 저택 근처에서 벌써 그런 일이 시작된다. 계단식 지형의 맨 위쪽 반원형 대지에는 여러가지 남방 식물이 커다란 화분에 담겨 당당한 자태를 뽐내는데, 그중에는 탱탱하고 빛나는 작은 열매들을 주렁주렁 매단 오렌지나무도 한그루 있다. 이 나무는 위도가 다른 어울리지 않는 풍토로 옮겨진 식물들이 보이는 고통스럽고 가냘프며 불만스러운 인상을 전혀 보이지 않고, 통통한 몸통과 둥글게 다듬어진 우듬지를 하고 황금빛 작은 열매들을 매달고는 매우 만족스럽고 건강한 모습이다. 그리고 이 나무에서 멀지 않은 곳에 위치한 물가에는 외진 곳에 나무라기보다 관목에 가까운 경이롭고 튼튼한 식물이 눈에 들어오는데, 땅에 심어졌는데도 화분에서처럼 아주 작고 단단한 둥근 열매들을 매달고 있다. 나무의 몸통 여럿과 가지들이 많이 나와 방어하듯 서로 똘똘 뭉쳐서 꿰뚫을 수 없게 된 이상하고 매우 독특한 가시식물로, 열매는 저 난쟁이 오렌지들처럼 황금색은 아니다. 이것은 가시면류관의 재료인 아주 늙고 커다란 갯대추나무로, 계속 더 가다 보면 비슷한 나무들이 여기저기서 눈에 띈다.

주목이나 실측백나무와 친척으로 약간은 기묘하고 인상적인 실루엣을 지닌 몇그루 나무 옆에는 고독하고 조금은 멜랑콜리하게, 하지만 힘차고 건강한 아라우카리아 한 그루가 있다. 아라우카리아는 꿈에 잠긴 듯 흠 잡을 데 없는 좌우대칭의 모습으로 서서, 그런 외로움이 제게는 전혀 해롭지 않다는 사실을 증명하듯 맨 꼭대기 나뭇가지에 묵직하고 커다란 열매 몇개를 매달고 있다. 주목하고 경탄하라는 분명한 요구를 지닌 채 풀밭에서 신중하게 떨어져 서 있는 이들 희귀식물 말고, 역시 저만의 흥미로움을 분명히 알고 그래서 순진무구함을 조금 잃은 나무들, 희귀종은 아니라도 섬세한 원예술을 통해 변화된, 꿈꾸듯 정교한 몸짓의 나무 몇그루가 더 있다. 특히 감상적인 시대에서 나온 길고 고귀한 가지들을 지닌 공주님 같은 수양버들과 자작나무, 그들 사이로 역시 그로테스크하게 가지를 축 늘어뜨린 전나무, 이런 나무들의 몸통은 일정한 높이에 이르면 가지까지 모두 힘을 합쳐 몸을 휘면서 도로 뿌리를 향한다. 이렇듯 나무가 성장하면서 몸통이 반자연적으로 굽으면, 두툼하게 매달린 천장, 또는 살아 있는 전나무-오두막이나 동굴이 생겨나는데, 한 사람이 그 안으로 들어가 몸을 감추고 이 경이로운 나무의 요정이라도 된다는 듯 잠시 머물 수도 있다.

화려한 늙은 삼나무 몇그루도 우리 값진 식물들 중에서 가장 아름다운 나무에 속한다. 그중 제일 아름다운 것들은 맨 위쪽 나뭇가지들이 이곳 공원에서 가장 오래된 나무인 막강한 몸통의 떡갈나무의 우듬지를 건드린다. 이 떡갈나무는 공원과 집보다 더 나이가 들었다. 번성하고 있는 미국삼나무 세쿼이아 몇그루도 있는데, 이들은 위보다는 옆으로 크려는 경향을 보인다. 아마도 찬바람이 자주 불어와서 그런 모양이다. 내 눈에 이 공원 전체에서 가장 훌륭한 나무는 고귀한 외국산 나무가 아니라 거대한 크기를 자랑하는 늙고 기품 있는 은백양나무다. 땅 위 얼마 안되는 높이에서 큰 몸통이 막강한 몸통 둘로 나뉘는데, 둘 중 하나만으로도 이 공원의 자랑거리가 될 만하다. 이 나무는 아직 잎사귀를 모두 매달고 있다. 이 잎들은 바람과 빛의 장난질에 따라서 약간은 금속성을 갖고 조금은 거친 단단함을 지닌 은회색부터 시작해 갈색, 회색, 장밋빛을 거쳐 거무스레한 진회색까지 온갖 단계의 다채로운 색상을 보일 수가 있다. 그 거대한 우듬지 두개에 강한 바람이 불면서 지금처럼 이른 11월에 간혹 그렇듯 하늘이 축축하고 짙은 여름 색깔을 띠거나 아니면 구름이 짙게 드리우는 경우에는 그야말로 왕 같은 장관이 펼쳐진다. 이 고귀한 나무는 릴케 같은 시인이나 코로Jean Baptiste Camille Corot 같은 화가가 노래하거나 그릴 만한 품격을 지녔다.

이 공원의 모범은 프랑스방식이 아니라 영국방식이다. 언뜻 자연적으로 자란 듯 보이는 원래의 풍경을 작은 규모로 만들어내려 애썼고, 이따금 이런 속임수가 거의 성공하고 있다. 하지만 건축물에 대한 세심한 배려, 호수를 향한 경사와 토지를 조심스럽게 다룬 점 등이 벌써 자연과 야생식물이 핵심이 아니라 철저히 재배, 정신, 의지, 배양이 핵심이라는 사실을 아주 분명하게 보여준다. 오늘날에도 이런 모든 것이 정원을 대변하고 있다는 사실이 퍽 내 마음에 든다. 물론 공원이 일부라도 저 자신에게 맡겨졌다면, 약간은 무심하게 야생상태로 놓였다면 아마 더 아름다웠을 것이다. 그랬다간 길에는 풀이, 돌계단과 테두리의 틈에는 양치류가 자랄 것이고, 풀밭에는 이끼가 자라고 장식적인 건물들은 무너지고, 모든 것은 맹목의 생산과 쇠퇴를 향하는 자연의 충동을 알려줄 것이며 야생과 죽음의 사유가 이 고귀하게 아름다운 세계 안으로 들어서는 것이 허용되었을 것이다. 부러진 나뭇가지가 놓인 것을, 그리고 죽은 나무들의 시체와 토막이 습기 많은 어린 나무나 식물 들로 덮인 것을 볼 것이다. 하지만 여기서 그런 것은 전혀 보이지 않는다. 과거에 공원을 설계하고 식물을 심은, 정밀하고 끈질기게 계획하는 강한 인간의 정신과 재배 의지가 아직도 공원을 지배하고 유지하고 보살피면서 야생과 태만함, 죽음이 단 한발짝도 들어설 여지를 주지 않는다. 풀이 길을 덮거나 이끼가 잔디를 침입하지 못하고, 떡갈나무 우듬지가 과도하게 웃자라서 이웃한 삼나무의 영역으로 들어가지 못하며, 시렁도, 난쟁이나무도, 축 늘어진 나무도 잊지 않고 보살핌을 받아 그들을 조성하고 가지를 베거나 굽힌 원래의 법칙에서 벗어나지 못한다. 나무 한그루가 쓰러지거나 사라지면, 그것이 질병 탓이든 나이 탓이든 폭풍이나 눈 때문이든 그 어떤 자리도 죽음과 혼란스러운 후속세대의 무질서에 맡겨지지 않는다. 쓰러진 나무의 자리에는 가지 두세개와 이파리 몇 장이 달린 작고 마른 어린 나무가 둥근 판 위에 깔끔하게 심어져서, 고분고분하게 이 질서 안으로 편입되고, 나무 옆에는 깨끗하고 튼튼한 막대가 세워져서 어린 나무를 지탱하고 보호한다.

그렇게 해서 완전히 달라진 이 시대까지 귀족적인 배양과 재배의 업적이 보존되었다. 훌륭한 요양원을 만들도록 자신의 토지를 기증한 마지막 주인의 유지는 그런 식으로 존중받으며 아직도 이곳을 지배하고 있다. 키 큰 떡갈나무와 삼나무, 막대로 받친 야윈 어린 묘목도 모두가 그의 유지에 속하는 것이고, 저 특별한 나무들의 실루엣도 거기에 속한다. 마지막 풀밭을 호수의 갈대와 경계 지어 주는 계단식 지형의 마지막 계단에 위치한 품격 있는 고전적인 기념비도 그를 변치 않고 오래도록 기린다. 잔인한 시대가 이 고귀한 작은 우주에 가한 몇몇 눈에 띄는 상처들도 머지않아 치유되어 사라질 것이다. 지난번 전쟁 중에 저 높은 곳에 위치한 잔디밭 한군데가 쟁기로 갈아

엎어져 경작지로 쓰였다. 지금은 비어 있는 그 평지는 그곳에 밀려들어온 야생을 없애고 다시 잔디 씨앗을 뿌리기 위해 써레와 갈퀴를 기다리고 있다.

이 아름다운 공원에 대해 지금껏 이런저런 이야기를 했지만 서술한 것보다는 잊어버린 것이 더 많다. 단풍나무와 밤나무를 찬양하지 못했으며, 안뜰에 있는 몸통이 굵은 풍성한 등나무들도 언급하지 못했고 무엇보다 저 경이로운 느릅나무들의 이야기를 못했다. 그중 가장 아름다운 느릅나무는 내 숙소 근처의 별채와 본채 사이에 서 있는데, 저편의 고귀한 떡갈나무보다 나이는 어려도 키는 더 크다. 이 느릅나무는 단단하고 듬직하지만 높이 오르려는 성향의 늘씬한 몸통을 지닌 채 땅에서 자라고 있다. 이 몸통은 잠시 힘찬 도약을 한 다음, 여럿으로 갈라지는 물줄기처럼 하늘로 솟구치는 가지들로 퍼져 나가서 날씬하고 명랑한 밝은 욕망에 따라 위로 자라났고, 즐겁게 위로 올라가려는 움직임은 아름다운 아치를 이룬 높은 우듬지에서 마침내 휴식에 든다.

이렇게 질서 정연하게 가꿔지는 구역에는 원시와 야생

을 위한 여지가 전혀 없지만 시설의 경계영역 어디에서나 두 세계가 부딪친다. 원래 식물을 심고 가꾸던 시절부터 이미 완만하게 아래로 향한 길들은 평평한 호숫가에서 갈대가 자라는 모래나 습지와 만났다. 이 길들은 새로운 시대가 될수록 훨씬 더 눈에 띄는 방식으로 통제되지 않고 저 자신에게 맡겨진 자연과 이웃했다. 이미 수십년 전부터 이 지역 호수들을 서로 연결하는 수로의 건설로 인해 이곳 호수의 수면은 수미터 아래로 내려갔고, 덕분에 예전에 호수 가장자리이던 곳이 말라서 주변에 꽤 너른 띠가 만들어졌다. 이렇게 형성된 지대에서는 처음에 그 무엇도 해볼 수가 없었기에 그대로 자연에 맡겨졌고, 일부는 여전히 늪지대인 이곳에서 수마일 너비로 약간 헝클어진 숲이 생겨났다. 날아온 씨앗에서 자란 오리나무, 자작나무, 버드나무, 포플러나무와 다른 많은 종류의 나무들이 있는 일종의 정글이 되었는데, 이것들은 원래 모래땅이던 호수 바닥을 천천히 숲의 토양으로 바꾸고 있다. 떡갈나무 덤불숲도 여기저기 보이지만 이 토양에는 썩 잘 맞지 않는 듯 보인다. 내 생각에 여름이면 이곳에서 많은 갈대들이 꽃을 피울 것이고, 저 보덴제의 늪지 풀밭에서 보았던 은빛 황새풀과 키 크고 깃털이 달린 난초 종류도 자랄 것 같다. 이런 야생수목은 많은 동물에게도 피난처를 제공해서, 나는 여기서 오리와 물새 말고도 멧도요, 부리긴 마도요, 왜가리, 가마우지 등이 둥지를 틀고, 백조들이 날아다니는 것을 보았다. 그제는 노루 두마리가 이곳 수풀에서 나와 편안하게 장난치며 작은 깡총 걸음으로 우리 공원의 너른 초지 한군데를 가로질러 가는 것도 보았다.

내가 여기서 서술했다기보다 나열한 것, 그러니까 축축한 미개지에 생겨난 원시적인 어린 숲까지 포함해서 훌륭하게 가꾸어진 공원은 하나의 전체 풍경처럼 보이지만 실은 내가 묵는 집의 처음 주변 환경일 뿐이다. 십오분 정도 이 길 저 길로 이 지역을 돌아다녀보면 이곳은 하나의 단위, 제한된 작은 세계에 지나지 않는다. 대도시에서도 한동안은 공원이 우리에게 충분하게 기쁨을 주면서 나머지 자연을 대체하는 것과 비슷한 일이다.

하지만 현실에서 이 모든 공원, 정원, 과수원과 숲 지대는 그보다 더 크고 통일된 것으로 안내하는 전경前景이자 단계일 뿐이다. 집을 떠나 아름다운 길을 걸어서 아래로 키 큰 느릅나무, 포플러나무, 삼나무 들을 지나고, 미국삼나무들의 풍성한 원뿔 모양들을 지나치고 — 이 삼나무의 축 늘어진 유연한 가지들의 천막 뒤에 잘 감추어진 시나몬 빛깔의 통통한 몸통들이 우뚝 솟아 있는데 — 이어서 아라우카리아, 안개나무, 수양버들과 갯대추나무를 지나 호수에 이르면 그제야 비로소 진정 영원한 풍경 앞에 서게 된다. 아름다움과 흥미가 아니라 크기가 바로 그 특성인 넓고 툭 트인, 단순하고 쉽사리 알아볼 수 없는 거대한 풍경. 바람이 불면 흔들리며 춤추는 호숫가 갈대의 연갈색 작은 숲 뒤로 수마일이나 호수가 뻗어나간다. 고요한 날씨에는 하늘색, 폭풍이 부는 날씨에는 빙하처럼 짙은 청회색 호수, 그 저편에는 (자주 그렇지만 잿빛과 오팔색 물안개가 저편을 가리지 않을 경우에) 길게 뻗은 나지막한 쥐라-산맥이 하늘을 향해 고요하지만 힘찬 선들을 뻗치고 있다. 그리고 하늘은 언뜻 거의 평평해 보이는 이 너른 풍경 위에서 끝없이 거대하다.

시든 잎

Welkes Blatt

모든 꽃은 열매가 되고자 하고
모든 아침은 저녁이 되고자 하며,
변화와 시간의 흐름 말고
지상에 영원한 것은 없다.

가장 아름다운 여름도 언젠가는
가을이 되어 시들어감을 느끼고자 한다.
잎사귀야, 바람이 너를 데려가려 하거든
참을성 있게 조용히 있어라.

너의 놀이를 하고, 반항하지 말고
조용히 그 일이 일어나게 하렴.
너를 떼어낸 바람이
너를 집으로 불어 보내게 하렴.

모래시계와 가랑잎 사이에서

Zwischen Sanduhr und welkem Blatt

가랑잎 하나가 창문을 통해 날아들어왔다. 퍼뜩 이름이 떠오르지 않는 나무의 작은 잎사귀가 내 수조 가장자리에 앉아 있으니, 나는 그것을 바라보고 큰 잎맥과 작은 잎맥의 글귀를 읽고, 우리 모두 두려워했지만 동시에 그것 없이는 아름다움도 없는 무상함의 특이한 경고를 들이마신다. 아름다움과 죽음, 쾌락과 무상함이 서로를 얼마나 요구하고 제약하는지 경이롭구나! 나의 주변과 내 안에서 자연과 정신의 경계를 감각적인 것으로 뚜렷하게 느낀다. 꽃들이 무상하고 아름답다면 황금은 지속적이고 지루하다. 자연적인 생명의 모든 움직임은 그렇듯 무상하고 아름답다. 하지만 정신은 스러지지 않고 오래 견딘다. 이 시간에 나는 정신을 거부한다. 정신이 결코 영원한 생명이 아니고 그냥 영원한 죽음이라 여긴다. 경직되고 결실을 맺지 못하는 것, 형태가 없는 것으로서 정신은 불멸성을 내려놓아야 비로소 형태와 생명이 될 수가 있다. 살기 위해서는 황금은 꽃이 되어야 하고 정신은 몸과 영혼이 되어야 한다. 아니다, 이 미지근한 아침 시간에 모래시계와 가랑잎 사이에서 나는 정신에 대해선 아무것도 알고 싶지 않구나. 다른 시간이라면 정신을 매우 존중하겠지만 지금은 무상하게 어린이와 꽃이 되고 싶다.

안개 속에서

Im Nebel

안개 속에서 걸으면 이상해!
관목이나 돌이 모두 혼자네,
어떤 나무도 다른 나무를 보지 못하니
모든 나무가 저 혼자다.

내 삶이 아직 환하던 때
세상은 온통 친구로 가득 찼었지.
지금 안개가 덮이니
아무도 보이질 않아.

피할 길 없이 나직하게
모두에게서 자기를 떼어놓는
어둠을 모르는 사람은
그 누구도 지혜롭지 못해.

안개 속에서 걸으면 이상해!
삶은 홀로 있는 일이네.
어떤 사람도 다른 사람을 알지 못하니
모든 사람이 저 혼자다.

부러진 나뭇가지의 딸각거림

Knarren eines geknickten Astes

쪼개져서 부러진 큰 나뭇가지가
여러해 동안이나 매달려 있어,
바람이 불면 메마른 소리로 노래를 딸각거린다.
잎도 없고 껍질도 없어,
텅 비어 활력도 없이 너무 긴 삶에,
너무 긴 죽음에 지쳤어.
나뭇가지의 노래 단단하고 끈질기게 울린다.
고집스럽게 울리고, 은밀히 두렵게 울리네,
한 여름만 더,
한 겨울만 더.

늦가을의 나그네

Wanderer im Spätherbst

벌거숭이 숲의 나뭇가지-그물을 통과해
잿빛 대기에서 첫눈이 하얗게 내린다,
내리고 또 내린다. 세상이 어찌 이리 조용해졌나!
속삭이는 나뭇잎 하나 없이, 나뭇가지에 새 한마리 없이,
오로지 흰빛과 잿빛, 그리고 고요함, 고요함.

초록과 오색의 여러달 동안 류트를 켜며
노래와 더불어 이리저리 떠돌던 나그네도
이젠 조용해졌네, 기쁨에 물리고,
방랑에도 물리고, 노래에도 물려서.
몸이 오싹 떨린다, 서늘한 잿빛 하늘에서
잠이 그에게 불어오니, 눈이 나직이 내리고,
또 내리고……

창백하게 꺼져가는 이미지들을 지닌
추억이 저 머나먼 봄에서, 그리고
시들어버린 여름의 행복에서 이렇게 말한다.
벚꽃 이파리들 푸른 하늘 베일을 쓰고,
사랑스러운 연한 하늘빛으로 —
풀줄기 끝에는 파르르 날개를 떨며
어린 나비 한마리 매달려 있어, 갈색과 황금색으로 —
미지근히 축축한 여름 숲 밤에서
그리움으로 길게 끄는 새의 노랫소리……
나그네는 사랑스러운 이미지들을 향해 고개를 끄떡이네.
그건 얼마나 아름다웠던가! 저 옛날에서
많은 것이 펄럭이며 올라와 빛나고 꺼진다.
애인의 눈에서 나오던 달콤한 검은 눈길 —
밤의 뇌우, 갈대숲의 번개와 폭풍 —

낯선 저녁 창에서 흘러나오던 피리 소리
아침 숲에서 울리던 날카로운 어치 울음……
눈이 내리고 또 내리네. 나그네는
새의 외침과 피리 소리에 귀를 기울인다,
그 옛날에 울렸던, 마음을 움직이는 소리에.
오 아름다운 세상아, 너 어찌 그리 말이 없나!
나그네는 부드러운 흰색 사이로 들리지 않게
오래 잊고 있던 고향을 향해 간다.
지금 나긋한 강제력으로 부르는 고향,
저 골짜기로, 저 냇물로,
저 시장으로, 그 옛날 아버지 집으로,
담쟁이 넝쿨 벽 뒤에서 어머니가,
아버지와 조상들이 쉬는 그곳으로.

속삭이는 나뭇잎 하나 없이, 나뭇가지에 새 한마리 없이……

엮은이의 말

자연과 친밀했던 헤르만 헤세는 직접 거주지를 결정할 수 있게 된 뒤로는 크고 오래 사는 식물인 나무와 스스로 선택한 친화관계를 가졌다. 나무 한그루를 잃어버리는 것은 그에게는 친구를 잃는다는 뜻이었고, 나무가 사라지면 그 장소에 대한 느낌도 변하고 빈약해질 수 있었다는 서술을 우리는 그의 관찰과 책에서 여러번 접하게 된다.

나무들은 그에게는 성소(聖所)인데 이는 우리 조상들에게도 마찬가지였다. 그 쓸모나 종류의 다양함 때문만이 아니라 삶에 관한 비유, 자연의 유기적 조직에 대한 상징이라는 점에서도 그렇다. 문명이 발전하면서 늘어난 인구가 지구의 식물계에 가져온 도전들을 극복하기 위해서도

이를 명심할 필요가 있다.

모든 생명체가 그렇듯 나무도 번성하기 위해 빛이 필요하다. 나무들은 땅과 하늘 사이의 연결고리이며, 잎사귀 실험실에서는 태양 에너지의 도움을 받아 대기 중의 이산화탄소를 우리와 다른 동물들이 호흡하는 데 꼭 필요한, 산소가 풍부한 공기로 바꾸어주고, 동시에 숲의 물 저장고 노릇을 해서 환경의 균형에 기여한다. 큰 나무 한그루가 지닌 축구장 크기의 잎사귀 면적은 연간 약 5톤의 산소를 생산한다. 그 과정에서 사라지는 탄소는 뿌리에서 올라오는 약 300리터의 영양염류 용액과 합쳐져 엽록소에서 매일 4킬로그램 이상의 당분 및 전분으로 바뀐다. 나무들의 몸을 이루는 셀룰로스 같은 물질과 몸통, 가지, 뿌리의 목재는 그렇게 생겨난다. 우리 몸의 안정성이 그렇듯 나무의 경우에도 땅에 단단히 발을 딛는 것과 우듬지의 풍성함이 서로 일치해야 한다. 나무가 높은 곳으로 올라갈수록 뿌리는 지하의 어둠속으로 더 깊이 파고든다. 그렇다. 우듬지의 가지들이 뻗어나가는 세배의 비율까지 뿌리는 아래로 내려갈 수 있다. 그래서 나무들은 종류와 입지에 따라 원뿌리가 36미터 깊이까지 (사막지역에서) 내려가거나, 아니면 우산이나 접시 형태로 땅에 뿌리를 박는다. 그들은 각자 처한 상황의 변덕에 따라 자기를 둘러싼 것이 돌이든 암벽이든 거기 적응해서 꼭 달라붙는다. 또한 땅의 부드러운 부분을 강화시켜서 침식, 사태, 돌이나 흙이 흘러내리는 것을 막는다. 몇몇 나무 종류의 유연성 또한 헤세에게는 모범적인 요소가 되었다. 바로 날씨와 폭풍에 대한 저항력인데, 미국삼나무 세쿼이아나 중국산 메타세쿼이아처럼 1백 미터까지 자라는 종류의 나무들은 산불이나 사이클론까지도 이겨내는 덕에 구조역학 전문가들이 이들에게서 비바람에 견디는 힘과 안정성의 법칙을 알아내려고 시도하고 있다. 다른 과학자들은 그들의 뿌리가 지닌 빨아들이는 힘에 기대서 펌프의 개선 가능성을 연구한다. 유칼립투스와 세쿼이아 같은 나무들은 우리의 전통적인 흡수기구들보다 최대 열배까지 물과 영양분을 빨아들일 수 있기 때문이다. 우리 자신의 지식보다 자연의 지식이 훨씬 많기 때문에 우리는 진화의 지성에서 배울 따름이다. 그래서 수상, 육상, 공중을 가리지 않고 인간의 기술적 구조물은 자연의 원칙을 정밀하게 지향할수록 더욱 효과적이고 미적인 것이 된다.

헤세는 특히 초기 소설들에서 슈바르츠발트의 어린 시절 숲의 마법, 즉 우듬지 아치에서 벌어지는 빛의 놀이, 봄의 봉오리 향기, 전나무 기둥들이 만들어내는 홀을 묘사했고, 훗날에는 그가 제2의 고향으로 삼은 스위스 테신(Tessin)의 풍성한 밤나무 경사면들을 서술했다. 이런 감

각적인 측면들을 빼더라도 숲은 오늘날 우리에게 유해물질을 차단하는 생명에 필수적인 필터다. 1헥타르의 숲이 연간 50톤까지 먼지, 산(酸), 그을음, 이산화탄소 등을 제거하기 때문이다.

헤세는 숲과는 또다른 방식으로 홀로 서 있는 나무들을 경배했다. 그리고 그들을 베토벤이나 니체처럼 스스로를 고립시킨 위대한 인간들에 견준다. "이들의 우듬지에서는 세계가 속삭이고 뿌리는 무한성에 들어가 있다. 다만 그들은 거기 빠져들어 자신을 잃지 않고 있는 힘을 다해 오로지 한가지만을 추구한다. 자기 안에 깃든 본연의 법칙을 실현하는 일, 즉 자신의 형태를 만들어내는 것, 자신을 표현하는 일에만 힘쓴다.(7면) (…) 한그루 나무는 말한다. 영원한 어머니가 나를 잡고 감행한 시도인 던지기는 유일무이한 것이다. 내 피부의 맥(脈)과 형태, 우듬지의 가장 작은 잎사귀놀이, 그리고 껍질의 가장 자그마한 흉터도 단 하나뿐이다. 인상적인 유일무이함으로 영원성을 드러내고 보여주는 것이 나의 직분이다."(9~10면)

그는 1차대전 직후에 쓴 나무에 바치는 강렬적인 찬가에서 이렇게 말한다. 그 자신도 지나간 몇해의 소동에 저항하려고, 또한 "조국의 배신자"라는 비방을 받으면서도 국제적인 휴머니티를 촉구함으로써 자신의 위상을 보존하려고 있는 힘을 다했다고. 그의 고집을 향한 그런 공격들은 그에게도 흔적을 남겼다. 젊은 시절 그의 의지를 꺾으려던 시도도 전쟁 시기의 비방들도 말이다. 그래서 톱질당한 그루터기를 바라보면서 다음과 같이 썼을 때 그는 자신의 이야기도 한 것이다. "나이테와 아문 상처에는 모든 싸움, 고통, 질병, 행운, 번영 등이 고스란히 적혀 있다. 근근이 넘어간 해와 넉넉한 해, 견뎌낸 공격, 이겨낸 폭풍우 들이 쓰여 있다. 가장 단단하고 고귀한 목재는 좁다란 나이테를 가진 나무라는 사실을, 가장 파괴할 수 없고 가장 강하고 모범적인 나무의 몸통은 산 위 높은 곳, 늘 위험이 계속되는 곳에서 자라는 나무라는 사실을 농부네 소년도 안다."(9면) 나무 안에 들어 있는 나무 실체의 90퍼센트까지를 차지하는 이미 죽은 속살은 마치 문서고처럼 수백년의 생활조건들을 전해주기 때문이다. 살아서 성장하는 백목질층에 둘러싸인 채 그렇게 나무는 우리처럼 성장하면서 동시에 죽어간다. 여기서도 해마다의 죽음이 역시 해마다 계속되는 삶에 기여한다.

헤세가 '덧없음'이라는 제목을 가진 시의 첫구절 "생명의 나무에서 잎사귀가 한잎 한잎 내게 떨어져 내린다"에 따라 자신의 시집에 '생명의 나무'라는 제목을 붙인 것은 우연한 일이 아니었다. 이것은 전후 급변을 겪던 1919년에 나온 것으로, 이 해가 가는 동안 그는 창작에서 단순히 표현 방식의 측면에서만 새로운 시작을 겪은 것이 아니었다. 거의 같은 시기에 쓴 편지 한군데에서 그는 자신감에 차서 이렇게 기록하고 있다. "나는 앞으로도 많은 여름에 새로운 잎사귀, 즉 원고지들을 내놓고, 그로써 바람결에 속삭일 것이라 희망합니다. 그 몸통이 젊든 아니든 상관없이 말이죠. 나는 내 방식으로 온갖 음악을 연주할 것이고, 벌써 그것을 고대하는데, 다만 그리로 가는 전망이 아직은 자주 구름으로 가려지곤 하네요." 이렇듯 나무들은 그에게 발전을 상징하는 이미지였고, 발전이란 꾸준히 변화를 겪는 것이니만큼 이것은 누구라도 쉽사리 동의할 수 있는 일이다. 겨울이 되어 나무들이 잎사귀라는 풍성한 덮개를 뺏기고 얼어 죽은 것처럼 보이면 이제 끝났구나, 하고 생각할 수도 있다. 하지만 봄이 되면 나무들은 깨어나서 새로운 삶을 향한다. 그렇다. 많은 나무와 관목 종류에서 '생명력'은 아주 견고한 것이어서 번식과 후손이 그들 자신의 생명 유지보다도 더욱 중요하다는 듯이, 생명에 필수적인 잎사귀가 나오기도 전에 벌써 꽃부터 피우기 시작한다. 나무들을 향한 시인의 찬가는 이 부분도 다룬다. "나의 힘은 믿음이다. 나는 조상들에 대해 아무것도 모르고 해마다 내게서 생겨나는 수천의 자식들에 관해서도 전혀 모른다. 나는 씨앗의 비밀을 끝까지 살아낼 뿐 다른 것은 내 걱정이 아니다."(10면)

여기 덧붙여서 헤세의 기쁨은 자연이 지치는 일 없이 서로 다른 형태들을 마음껏 펼친다는 그 다양성을 향한다. 오늘날 사람들은 점점 더 획일화와 전형화를 지향하는 데 반해 나무들은 종류가 극히 다양하고, 몸통과 우듬지의 구조, 나뭇잎들의 형태와 질서 들, 껍질의 구조 등이 그야말로 전혀 다르다. 그렇지만 그가 1955년 독자의 편지에 답한 바에 따르면, "우리의 육체와 영혼은 '나무'라는 말로는 아무런 시작도 전혀 해볼 수 없고 보리수나무, 떡갈나무, 단풍나무 등을 필요로 하고 또 사랑하는데도 우리는 '나무'라는 개념으로 만족한다"고 한다. "신이 인도인이나 중국인들에게서는 그리스인의 경우와는 전혀 다른 모습으로 표현된다고 해도, 그것은 결함이 아니라 풍성함이지요. 신적인 것이 드러나는 이런 모든 현상방식들을 요약하려고 하면 떡갈나무나 밤나무가 아니라 '나무'라는 말이 가장 좋습니다"라고 한다.

자연이 식물, 나무, 숲, 초지 등으로 자신을 드러낸다면 인간은 건축물, 거주지, 도시 들을 갖는데, 이들이 주변의 식물계와 잘 어울리고 그것을 포함하면 더욱 아름답고 유기적인 것이 된다. 그래서 헤세에게 인구가 밀집한 지역에 나무가 없으면 특성 없는 것, 덕분에 기차정거장처럼 다른 것으로 대체될 수 있는 모습으로 기억에 남게 된다.

우리 도시들의 성급함 한가운데에서 나무들은 또한 느림의 기념물이 되었다. 헤세에게 참을성이란 “가장 힘들고도 배울 가치가 있는 유일한 것”이었다. “지상의 모든 자연, 성장, 기쁨, 번영과 아름다움은 끈기 위에 세워진 것이며 시간과 고요함, 믿음을 필요로 하며 장기적인 일들에 대한 믿음, 하나의 생명이 지속되는 것보다 더 오래 계속되는 과정에 대한 믿음”이자 우리의 통찰력이 아직 미치지 못하는 일들의 총합에 대한 믿음이다. 나무들이 우리보다 오래 살고 우리를 미래의 세대와도 연결해주기 때문에 그는 아레(Aare) 강 위에 서 있는 브렘가르텐 성 뜰의 밤나무들에 대한 시를 다음과 같이 끝맺는다.

“우리가 사라지고 잊혀도
높은 나무에선 여전히
지빠귀가 노래하고 바람도 노래하겠지,
저 아래에선 강물이 암벽에 부딪쳐 거품을 내고.

그리고 공작새가 저녁외침을 지를 때

홀에는 다른 사람들이 앉아 있겠지.
그들은 수다를 떨고, 얼마나 아름다운지 찬양하고,
깃발 단 배들이 지나갈 테지,
영원한 오늘이 그걸 보고 웃을 테고."

폴커 미헬스•

• Volker Michels(1943~). 독일 Suhrkamp 출판사의 20권짜리 헤세 전집 엮은이이자 발행인. 우리 책은 이 판본에서 발췌한 텍스트들을 담고 있다. Hermann Hesse, *Sämtliche Werke in 20 Bänden und einem Registerband* (약자: SW), Suhrkamp Verlag, Frankfurt am Main 2001~2007.

작품 출처

나무들 1918년 작. 첫 인쇄는 『Norddeutsche Allgemeine Zeitung』 1919년 3월 10일. In: SW 11, 20~21면.

내 마음 너희에게 인사하네 1896년 4월 작. In: SW 10, 435면.

수난 금요일 1931년 4월 4일 작. In: SW 10, 313~14면.

잎 빨간 너도밤나무 단편소설 「건초 만드는 달」(Heumond) 중에서. 첫 인쇄는 『Die neue Rundschau』 베를린, 1905년 4월. In: SW 6, 363~65면.

동작과 정지의 일치 '4월 편지'(Aprilbrief) 중에서. 첫 인쇄는 『Neue Züricher Zeitung』 1952년 4월 29일. In: SW 12, 588~91면.

꽃피어난 나뭇가지 1913년 2월 14일 작. In: SW 10, 188면.

새 탄생의 기적 단편소설 「어린 시절에서」(Aus Kinderzeiten)의 시작 부분. 첫 인쇄는 『Die Rheinlande』 뒤셀도르프, 1904년 8월.

In: SW 6, 192~93면.

봄밤 1902년 5월 작. In: SW 10, 132면.

밤나무 1904년 작. 첫 인쇄는 『Simplicissimus』 뮌헨, 1906년 4월 2일. In: SW 13, 37~42면.

꿈 1901년 8/9월 작. In: SW 10, 108면.

복숭아나무 첫 인쇄는 『Neue Züricher Zeitung』 1945년 3월 10일. In: SW 14, 193~96면.

온통 꽃이 피어 1918년 4월 10일 작. In: SW 10, 236~37면.

은둔자와 전사들 소설 『페터 카멘친트』(*Peter Camenzind*)에서. 첫 인쇄는 『Neue deutsche Rundschau』 베를린, 1903년 10~12월. 도서 출간은 베를린 1904년. In: SW 2, 8면.

사슬에 묶인 힘과 정열 '가을의 도보여행'(Eine Fußreise im Herbst)에서. 1906년 가을 작품. 훗날 개정된 판본으로 '여행 중의 저녁'(Eine Reiseaben)이라는 제목 원고의 첫 인쇄는 『Neue Freie Presse』 빈, 1905년 10월 12일. 책 형태로는 헤르만 헤세 『이승에서』(*Diesseits*) 베를린, 1907년. In: SW 6, 547~48면.

자작나무 1900년 1월 작. In: SW 10, 57~58면.

밤나무숲의 5월 첫 인쇄는 『Berliner Tageblatt』 1927년 5월 12일. In: SW 14, 26~30면.

슈바르츠발트 1901년 작. In: SW 10, 75면.

나무들　조이스 킬머의 시. 1913년.

뿌리 뽑혀서　단편소설 「사이클론」(*Der Zyklon*)의 종결부. 첫 인쇄는 『Die neue Rundschau』 베를린, 1913년 7월. In: SW 8, 82~83면.

일기 한장　1939년 4월 작. In: SW 10, 358~59면.

보리수꽃　1906년 작. 첫 인쇄는 『Neues Wiener Tagbaltt』 1907년. In: SW 13, 148~51면.

늙은 나무를 애도함　첫 인쇄는 『Berliner Tageblatt』 1927년 10월 16일. In: SW 14, 48~52면.

뜨내기 숙소　1901년 8월 작. In: SW 10, 88~89면.

대립　첫 인쇄는 『Berliner Tageblatt』 1928년 7월 9일. In: SW 14권, 99~104면.

높새바람 부는 밤　1938년 2월 13일 작. In: SW 10, 355~56면.

작은 길　1919년 작. 첫 인쇄는 『Pro Helvetia』 취리히, 1921년 4월. In: SW 13, 403~406면.

낡은 별장의 여름 정오　1941년 6월 24일 작. In: SW 10, 367면.

9월의 비가　1913년 9월 작. In: SW 10, 188면.

브렘가르텐 성에서　1944년 8월 14일 작. In: SW 10, 373면.

자연의 형태들　소설 『데미안』(*Demian*)에서. 1917년 9월에서 10월 작품. 1919년 2월에서 4월 사이에 부분 발표, 『Die Neue

Rundschau』 베를린. In: SW 3, 316, 286면.

가을 나무　1904년 작. In: SW 10, 166면.

가지 잘린 떡갈나무　1919년 7월 작. In: SW 10, 269면.

고립된 남쪽의 아들　소설 『나르치스와 골드문트』(*Narziß und Goldmund*)의 시작 부분. 1927년 4월부터 1929년 3월까지의 작품. 1929년 10월부터 1930년 4월까지 부분 발표, 『Die Neue Rundschau』 베를린. In: SW 4, 271면.

'어떤 풍경의 서술' 중에서　1946년 11월 작. 첫 인쇄는 『Die Neue Rundschau』 스톡홀름, 1947년 3월. In: SW 14, 201~207면.

시든 잎　1933년 8월 24일 작. In: SW 10, 324면.

모래시계와 가랑잎 사이에서　「온천 요양객」(*Kurgast*)에서. 1923년 작. 첫 인쇄는 '발네라리아 심리요양원 또는 바덴 온천 요양객의 촌평'(Psychologia Balneraria oder Glossen eines Badener Kurgastes)이라는 제목으로 몬타뇰라에서 자비출판. In: SW 11, 56~57면.

안개 속에서　1905년 11월 작. In: SW 10, 136~37면.

부러진 나뭇가지의 떨걱거림　1962년 8월 8일 작. In: SW 10, 398면.

늦가을의 나그네　1956년 9월 작. In: SW 10, 387~88면.

헤르만 헤세의 나무들

초판 1쇄 발행 / 2021년 6월 1일
초판 11쇄 발행 / 2024년 8월 19일

지은이 / 헤르만 헤세
옮긴이 / 안인희
펴낸이 / 염종선
책임편집 / 오규원
조판 / 박지현
펴낸곳 / (주)창비
등록 / 1986년 8월 5일 제85호
주소 / 10881 경기도 파주시 회동길 184
전화 / 031-955-3333
팩시밀리 / 영업 031-955-3399 편집 031-955-3400
홈페이지 / www.changbi.com
전자우편 / lit@changbi.com

ISBN 978-89-364-7869-8 03850

* 책값은 뒤표지에 표시되어 있습니다.